EX LIBRIS

Aus der Bibliothek von:

Die drei !!!

Die drei !!!

Maja von Vogel

Die drei !!!

Geheimnis im Düstermoor

Kosmos

Umschlagillustration von Ina Biber, München
Umschlaggestaltung von Friedhelm Steinen-Broo, eSTUDIO CALAMAR

Unser gesamtes lieferbares Programm und viele weitere Informationen zu unseren Büchern, Spielen, Experimentierkästen, DVDs, Autoren und Aktivitäten findest du unter **kosmos.de**

Weitere Bände dieser Reihe siehe S. 143

FSC www.fsc.org
MIX
Papier aus verantwortungsvollen Quellen
FSC® C014496

Gedruckt auf chlorfrei gebleichtem Papier

ISBN 978-3-440-14521-0

Redaktion: Natalie Friedrich
Produktion: DOPPELPUNKT, Stuttgart
Printed in Germany/Imprimé en Allemagne

Die drei !!!

Geheimnis im Düstermoor

Eine harte Nuss

»Wie sollen wir das nur schaffen?« In Kims Stimme schwang Verzweiflung mit. »Ich fürchte, die Sache ist eine Nummer zu groß für uns. Dieses Mal haben wir uns zu viel vorgenommen.«

»Unsinn!« Marie schüttelte energisch den Kopf. »Die drei !!! haben bisher noch jeden Fall gelöst, wir werden auch diese Nuss knacken. Schließlich sind wir der erfolgreichste Detektivclub aller Zeiten.«

»Um die Nuss zu knacken, müssen wir sie erst mal finden«, bemerkte Franzi. »Wo sind nur diese verflixten Walnüsse?« Sie ließ ihren Blick an den langen Supermarkt-Regalen entlangwandern.

»Außerdem fehlen noch Vanilleschoten, Ziegenkäse und getrockneter Estragon.« Kim betrachtete mit gerunzelter Stirn den Einkaufszettel in ihrer Hand. »Und habt ihr eine Ahnung, was *Beaufort* sein soll? Ich weiß nicht mal, in welcher Abteilung wir danach suchen sollen.« Seufzend ließ sie den Zettel sinken. »Wir werden ewig für den Einkauf brauchen! Vielleicht hätten wir doch ein etwas weniger kompliziertes Menü zusammenstellen sollen.«

»Zum Glück haben wir ja fachkundige Unterstützung«, beruhigte Marie ihre Freundin. »Maxime wird schon dafür sorgen, dass nichts anbrennt.«

»Im wörtlichen Sinne!« Franzi kicherte. »Ich freue mich jedenfalls schon aufs Kochen.«

An diesem Samstag wartete eine besondere Herausforderung

auf die Detektivinnen: Sie mussten ihre Fähigkeiten als Spitzenköchinnen unter Beweis stellen. Marie, Kim und Franzi hatten Maries Vater Helmut und seiner Lebensgefährtin Tessa einen Gutschein für ein romantisches Candlelight-Dinner geschenkt, als die beiden im Mai vor den Traualtar getreten waren. Marie dachte immer noch gerne an die romantische Hochzeit zurück, auch wenn es bei den Vorbereitungen einige unangenehme Zwischenfälle gegeben hatte. Doch die drei !!! hatten die schuldige Person rechtzeitig entlarvt, sodass das Fest reibungslos verlaufen war.
Heute Abend wollten Helmut und Tessa ihren Gutschein einlösen. Das Candlelight-Dinner sollte im Hauptquartier des Detektivclubs, dem Pferdeschuppen neben Franzis Haus, stattfinden. Gekocht wurde in der Küche der Familie Winkler. Maxime, ein französischer Sternekoch, den die drei !!! von einem ihrer letzten Fälle her kannten, hatte sich sofort bereit erklärt, ihnen etwas unter die Arme zu greifen. Sie hatten ausgiebig Rezepte im Internet recherchiert, bevor die ultimative Speisefolge schließlich feststand. Nun liefen sie seit einer geschlagenen Stunde durch den größten Supermarkt der Stadt, um die ellenlange Einkaufsliste abzuarbeiten.
»Den Pferdeschuppen müssen wir auch noch schmücken.« Kim knabberte nervös an ihrer Unterlippe. »Und die Crème brûlée vorbereiten. Sie muss vor dem Servieren mindestens zwei Stunden auskühlen.«
Die drei !!! hatten jede Menge Blumen, Kerzen, Lampions und Windlichter besorgt, um den Pferdeschuppen in ein duftendes Lichtermeer zu verwandeln. Außerdem durften sie Winklers gutes Geschirr und die silbernen Kerzenleuchter

von Franzis verstorbener Oma Lotti ausleihen. Eine weiße Tischdecke und edle Stoffservietten lagen auch schon bereit. Marie konnte es kaum erwarten, die Gesichter von Helmut und Tessa beim Anblick der festlich gedeckten Tafel zu sehen. Die beiden würden Augen machen!

»Eins nach dem anderen.« Franzi nahm Kim die Liste aus der Hand. »Am besten, wir teilen uns auf. Kim holt die Vanilleschoten und den Estragon. Marie geht zur Käsetheke und besorgt den Ziegenkäse. Und ich suche die Walnüsse. In einer Viertelstunde treffen wir uns an der Kasse, okay?«

Kim und Marie nickten, dann schwärmten die Detektivinnen in alle Himmelsrichtungen aus.

Siebzehn Minuten später eilte Marie zum Kassenbereich. Franzi und Kim standen bereits am Ende einer langen Schlange.

Marie legte die Papiertüte mit dem Käse in den Einkaufswagen. »Ganz schön viel los heute. Na ja, eigentlich kein Wunder an einem Samstagvormittag. Ich weiß jetzt übrigens, was *Beaufort* ist.«

»Ein Käse?«, riet Kim mit Blick auf die Tüte.

»Genau!« Marie nickte. »Die Verkäuferin wusste sofort Bescheid. *Beaufort* ist ein Rohmilchkäse aus den französischen Alpen.« Plötzlich kam ihr ein Gedanke. »Vielleicht sollte ich für Holger und mich auch mal ein Candlelight-Dinner organisieren. Ob er sich darüber freuen würde?«

»Bestimmt.« Kim schob den Einkaufswagen ein Stück weiter. »Ihr könnt wirklich froh sein, dass ihr so ein glückliches Paar seid.« Sie sah plötzlich traurig aus.

Marie legte tröstend die Hand auf Kims Arm. »Du vermisst Michi, oder?«
Seit Kims Freund zum Studieren in eine andere Stadt gezogen war, sahen sich die beiden nur noch selten. Die Fernbeziehung machte Kim ziemlich zu schaffen.
Kim nickte. »Ich kann mich einfach nicht daran gewöhnen, ihn nur alle paar Wochen zu sehen. Aber das ist nicht einmal das Schlimmste.«
Kim zögerte, bevor sie weitersprach. »Ich … also … das klingt jetzt vielleicht blöd, aber manchmal kommt es mir so vor, als würde Michi nicht nur in einer fremden Stadt, sondern in einer komplett fremden Welt leben.«
»Wie meinst du das?«, wollte Marie wissen.
»Ihm sind plötzlich ganz andere Dinge wichtig als mir«, erklärte Kim. »Wenn wir telefonieren und er mir von irgendwelchen Studentenpartys, Seminaren, Profs und Kreditpunkten erzählt, verstehe ich nur die Hälfte, wenn überhaupt. Es ist, als würde er chinesisch sprechen.«
»Kein Wunder, das Studium ist ja auch ein ganz neuer Lebensabschnitt«, bemerkte Franzi. »Das sagt zumindest Stefan immer.« Franzis älterer Bruder studierte bereits seit einigen Semestern BWL in der Stadt.
»Natürlich.« Kim seufzte. »Vielleicht sollte ich einfach etwas geduldiger sein.«
»Genau«, sagte Marie. »Das spielt sich bestimmt ein. Wann seht ihr euch denn das nächste Mal?«
Kims Miene hellte sich auf. »Morgen! Michi kommt dieses Wochenende endlich mal wieder nach Hause. Wir treffen uns nachmittags im *Café Lomo*. Ich kann's kaum erwarten!«

»Das klingt doch schon viel besser.« Franzi warf einen Blick zur Kasse hinüber. Vor ihnen standen noch mindestens zehn Leute. »Das dauert ja ewig! Ich bin gleich kurz zum Skaten verabredet. Wenn wir noch lange hier herumstehen, komme ich zu spät.«
»Triffst du dich mit Benni und Leonhard?«, erkundigte sich Marie.
»Ja, genau.« Franzi trat ungeduldig von einem Bein aufs andere.
»Schon wieder?« Kim zog die Augenbrauen hoch. »Wart ihr nicht erst vorgestern zusammen im Skatepark?«
Franzi zuckte mit den Schultern. »Na und? Ist doch nichts dabei. Wir sind nur gute Freunde.«
»Ja, klar.« Kims Stimme triefte vor Ironie. »Die beiden scheinen es ja kaum einen Tag ohne dich auszuhalten.«
Franzi setzte gerade zu einer Antwort an, als ihr Handy klingelte. Sie zog es aus der Jackentasche. »Sorry, ich muss kurz drangehen … Hallo, Blake? Nein, du störst nicht. Ich bin gerade im Supermarkt. Kino um acht? Super Idee, aber ich kann leider nicht. Wir kochen doch heute für Maries Eltern.« Sie kicherte. »Danke, lieb von dir. Genau, aufgeschoben ist nicht aufgehoben. Klar, morgen Abend hätte ich Zeit. Super, ich freu mich. Bis dann!« Ein rosafarbener Hauch lag auf Franzis Wangen, als sie das Handy wieder wegsteckte.
Marie konnte sich ein Grinsen nicht verkneifen. »Du genießt dein Singleleben wirklich in vollen Zügen, was?«
»Wieso nicht?«, gab Franzi spitz zurück. »Ist doch nicht verboten, oder? Ich kann mich treffen, mit wem ich will.«

»Natürlich!« Marie lächelte entwaffnend. »Ich gönn dir ja deine Freiheit. Davon abgesehen ist Blake wirklich nett.«
»Und sicher auch nur ein guter Freund, oder?« Kim zwinkerte Marie vielsagend zu. Die beiden begannen zu kichern und Franzi wurde noch etwas röter.
»Allerdings.« Sie warf ihren Freundinnen einen wütenden Blick zu. »Glaubt doch, was ihr wollt!«
»Sei nicht gleich eingeschnappt, okay?«, gab Kim versöhnlich zurück. Sie seufzte. »Ich fürchte, das wird hier noch eine ganze Weile dauern. Warum gehst du nicht schon mal los? Den Rest schaffen Marie und ich auch alleine.«
»Ehrlich?« Franzi sah die beiden fragend an.
»Klar.« Marie nickte. »Wir können schließlich nicht zulassen, dass deine beiden Verehrer auf dich warten müssen. Benni und Leonhard verzehren sich bestimmt schon nach dir.«
Franzi verdrehte die Augen, musste aber trotzdem lachen. »Okay, dann hau ich jetzt ab. Danke, ihr zwei.«
»Keine Ursache.« Kim lächelte. »Wozu hat man schließlich Freundinnen?«
»Damit sie einen in den Wahnsinn treiben?« Franzi streckte Marie die Zunge heraus, bevor sie sich zwischen den wartenden Supermarktkunden hindurch zum Ausgang schlängelte. Kurze Zeit später waren ihre roten Zöpfe im Gewimmel verschwunden.

Detektivtagebuch von Kim Jülich
Sonntag, 13:09 Uhr

Bin vor einer Stunde von Franzi zurückgekommen, wo Marie und ich gestern nach dem Candlelight-Dinner übernachtet ha-

ben. Puh, die Koch-Aktion war ganz schön anstrengend. Eins weiß ich hundertprozentig: Ich werde nie im Leben ein Restaurant eröffnen. Viel zu stressig! Zum Glück hat alles super geklappt (na ja, fast alles …). Helmut und Tessa waren hin und weg, als wir sie in den Pferdeschuppen geführt haben. Unser Hauptquartier war aber auch wirklich nicht wiederzuerkennen mit all den Kerzen und dem duftenden Blumenschmuck. Natürlich hatten wir sämtliche Detektivutensilien und geheimen Unterlagen vorher in Franzis Zimmer versteckt.
Maxime hat dafür gesorgt, dass in der Küche keine größeren Katastrophen passiert sind. Das Menü war natürlich à la française*: Nach der (mit* Beaufort-*Käse) überbackenen Zwiebelsuppe haben wir einen Salat mit Ziegenkäse und Walnüssen serviert, darauf folgte Estragonhähnchen mit knusprigem Baguette und als Dessert Crème brûlée. Das ist französisch und heißt so viel wie ›gebrannte Creme‹. Franzi hat das offenbar zu wörtlich genommen, denn sie hat den Karamellüberzug etwas anbrennen lassen. Aber Helmut und Tessa waren trotzdem hellauf begeistert und haben sich tausendmal für den schönen Abend bedankt. Unsere Idee war ein voller Erfolg!*
Hinterher haben wir noch aufgeräumt und den Schuppen wieder als Detektiv-Hauptquartier hergerichtet. Leider haben wir gerade keinen aktuellen Fall. Schade eigentlich, denn in zwei Wochen beginnen die Herbstferien und wir hätten jede Menge Zeit für die Ermittlungen. Ich habe mir überlegt, dass wir die Ferien stattdessen nutzen könnten, um uns weiterzubilden. Gerade habe ich ein bisschen im Internet recherchiert und einen einwöchigen Krimi-Schreibworkshop für Jugendliche entdeckt, der während der Ferien im Künstlerdorf Moorhausen statt-

findet. Moorhausen liegt im Düstermoor, einer großen Moorlandschaft, die kurz hinter dem Billershausener Märchenwald beginnt. Es gibt eine Menge Sagen und Legenden, die sich um diese Gegend ranken. Wenn das nicht die perfekte Kulisse für spannende Kriminalgeschichten ist! In letzter Zeit war so viel los, dass ich meine Schreibübungen ziemlich vernachlässigt habe. So werde ich nie eine berühmte Krimiautorin!
Jetzt muss ich nur noch Franzi und Marie von meiner Idee überzeugen, denn die beiden sollen natürlich mitkommen. Sie könnten an anderen Kreativkursen teilnehmen, es gibt zum Beispiel Kurse für Malerei, Bildhauerei oder Goldschmiedekunst. Hoffentlich sind sie genauso begeistert wie ich!

Geheimes Tagebuch von Kim Jülich
Sonntag, 13:47 Uhr
Finger weg von meinen geheimen Aufzeichnungen! Wer sich nicht daran hält, muss so lange angebrannte Crème brûlée essen, bis sie ihm zu den Ohren wieder rauskommt! Ich sag's euch, das ist kein Spaß!
Ich bin stinksauer!!! Auf wen? Na, auf Michi natürlich! Er hat kurzfristig beschlossen, dieses Wochenende doch nicht nach Hause zu fahren. Dabei hatte ich mich schon so darauf gefreut, ihn heute endlich wiederzusehen! Ich habe sogar unseren Lieblingstisch im Café Lomo *reserviert und gestern im Supermarkt ein kleines Schokoladenherz gekauft, das ich ihm schenken wollte. Das Schokoherz hab ich jetzt selbst gegessen, denn ich bin Michi offenbar nicht so wichtig wie die blöde Studentenparty, zu der er mit seinen Kumpels gehen wollte. Das muss man sich mal vorstellen: Er versetzt mich wegen einer Party! Und statt*

mich wenigstens anzurufen, schickt er mir nur eine kurze SMS, die ich gestern erst nach dem Candlelight-Dinner geöffnet habe. Vor lauter Enttäuschung und Wut konnte ich stundenlang nicht einschlafen. Zum Glück waren Franzi und Marie da und haben mich getröstet.
Ich bin wirklich froh, dass ich so tolle Freundinnen habe! Statt mit Michi treffe ich mich jetzt mit ihnen heute Nachmittag im Lomo. *Am besten erzähle ich ihnen gleich von meiner Idee mit den Kreativferien in Moorhausen. Michi soll bloß nicht glauben, dass ich in den Herbstferien zu Hause hocke und auf ihn warte. Der Krimi-Schreibworkshop ist die perfekte Ablenkung – und nebenbei kann ich mit Marie und Franzi das Düstermoor erkunden und natürlich den* ›Moorhausener Torfsoden‹ *probieren. Das ist ein süßer Honigkuchen mit Schokoladenüberzug, den es nur im Düstermoor gibt. Mmmmh, lecker!*

Endlich Ferien!

»Wie weit ist es denn noch?« Marie saß neben Tessa auf dem Beifahrersitz und wippte ungeduldig mit dem Fuß.
»In zehn Minuten sind wir da.« Tessas Blick war konzentriert auf die Fahrbahn gerichtet. Sie fuhren eine schmale Landstraße entlang, die rechts und links von kahlen Birken gesäumt wurde. Dahinter erstreckte sich die flache Moorlandschaft. Heute war der erste Tag der Herbstferien und Tessa hatte sich netterweise bereit erklärt, Marie und ihre Freundinnen nach Moorhausen zu kutschieren.
Marie drehte sich zu Kim und Franzi um, die auf der Rückbank saßen. »Die Idee mit den Kreativferien war echt super von dir, Kim. Das ist wirklich mal etwas anderes. Ich bin schon total gespannt auf den Malkurs.«
Marie und Franzi waren sofort begeistert von Kims Vorschlag gewesen und hatten die letzten Plätze in einem Mal- und Zeichenkurs ergattert, der parallel zu Kims Schreibwerkstatt stattfand. Die Eltern der drei !!! hatten nichts dagegen gehabt, dass die Mädchen in den Ferien wegfuhren.
»Schade, dass der Bildhauerkurs schon voll war«, sagte Franzi. »Bildhauerei hätte ich viel lieber gemacht. Keine Ahnung, ob dieser Malkurs etwas für mich ist. In der Schule bin ich eine ziemliche Niete in Kunst.«
»Wart's ab, es wird dir bestimmt gefallen.« Kims Tonfall war zuversichtlich. »Du musst dich nur darauf einlassen.«
Franzi zog eine Grimasse. »Das sagt sich so leicht. Du bist

natürlich Feuer und Flamme für deinen Schreibworkshop, du willst ja schließlich später Krimi-Autorin werden.«
»Oder Detektivin«, bemerkte Kim. Sie hatte sich noch nicht endgültig für einen ihrer beiden Traumberufe entschieden.
»Du kannst doch beides parallel machen«, warf Tessa von vorne ein. »Wer sagt denn, dass man nur einen Beruf haben kann?«
»Stimmt!« Marie nickte. »Du bist schließlich auch Kamerafrau und Designerin.«
Tessa hatte Maries Vater auf einem Filmset kennengelernt. Helmut Grevenbroich war ein bekannter Schauspieler, der viel vor der Kamera stand. Tessa designte neben ihrem Job als Kamerafrau T-Shirts und andere Kleidungsstücke für ihr Öko-Label *Think Nature*. Außerdem gehörten zu Maries Patchwork-Familie noch Lina, Tessas zwölfjährige Tochter, und Helmuts und Tessas gemeinsamer Sohn Finn, der Ende des Monats zwei Jahre alt wurde. Ein warmes Gefühl durchflutete Marie bei dem Gedanken an ihre Familie. Seit der Hochzeit waren sie alle noch enger zusammengewachsen. Auch wenn es manchmal Reibereien gab, so wusste Marie doch, dass sie sich auf Tessa und Lina genauso verlassen konnte wie auf ihren Vater. Und den kleinen Finn liebte sie sowieso heiß und innig.
Maries Handy piepte und sie warf einen schnellen Blick aufs Display. Eine SMS von Holger!

Viel Spaß im Moor! Du fehlst mir jetzt schon. Kann's kaum erwarten, dich wiederzusehen.
Kuss, Holger

Marie lächelte. Holger war einfach süß! Plötzlich bekam sie wahnsinnige Sehnsucht nach ihm. Wie sollte sie es nur eine Woche ohne ihn aushalten? Schnell schrieb sie zurück. Als sie die SMS abschickte, bog Tessa gerade in eine schmale Auffahrt ein.

»Wir sind da, Mädels! Das muss der Eichenhof sein.« Tessa parkte den Wagen neben einem weiß verputzten Haus. Es hatte Sprossenfenster, einen großen Wintergarten und wurde von alten, knorrigen Eichen eingerahmt, die ihre kahlen Zweige wie schützende Hände über das Dach hielten und dem Hof seinen Namen gegeben hatten.

»Ist das schön hier!« Marie stieg aus dem Wagen und atmete tief die klare Herbstluft ein. Es roch nach Moos, Laub und ein bisschen nach Holzfeuer. Direkt hinter dem Haus begann der Wald. Zwischen den Bäumen lauerte schon die Dämmerung. Obwohl es noch Nachmittag war, hatte sich die Sonne bereits hinter die Bäume zurückgezogen.

Kim, Franzi und Tessa stiegen ebenfalls aus.

»Sieht sehr nett aus.« Tessa ließ ihren Blick über die weiße Fassade schweifen. Neben dem Eingang hing ein Schild, auf dem in grünen, verschnörkelten Buchstaben *Pension Eichenhof* stand.

»Hier werden wir uns bestimmt wohlfühlen«, stellte Kim fest.

»Worauf warten wir noch?« Franzi zerrte ihren Rucksack aus dem Auto. »Lasst uns endlich reingehen.«

Durch eine schwere Holztür gelangten sie in eine kleine Eingangshalle. Die alten Dielen knarzten unter ihren Füßen. Während die drei !!! ihr Gepäck abstellten und sich neugierig

umsahen, kam eine Frau aus einem kleinen Zimmer hinter der Rezeption und ging lächelnd auf die Neuankömmlinge zu.
»Herzlich willkommen im Eichenhof!« Sie schüttelte nacheinander allen die Hand. »Ihr müsst die Feriengäste sein, die an unserem Kreativangebot für Jugendliche teilnehmen. Ich bin Mia Frehlert, die Besitzerin der Pension.«
»Dann haben wir miteinander telefoniert«, sagte Tessa. »Schön, dass Sie noch ein Zimmer für die Mädchen frei hatten.«
»Ihr bekommt das Dreibettzimmer im zweiten Stock.« Mia Frehlert deutete zur Treppe. »Wollen wir gleich hochgehen?«
Die drei !!! nickten.
»Kommt ihr ohne mich zurecht?«, fragte Tessa. »Ich muss leider gleich wieder zurück. Ich habe Lina und Finn versprochen, heute noch mit ihnen Kürbismuffins zu backen.«
»Kein Problem«, sagte Marie. »Wir sind schließlich keine Kleinkinder mehr.«
»Das weiß ich doch.« Tessa umarmte Marie und verabschiedete sich von Kim, Franzi und Mia Frehlert. »Habt eine schöne Woche, ihr drei!« Sie warf den Mädchen eine Kusshand zu und eilte davon.
»Auf geht's!« Mia Frehlert ging vor, die dunkle Holztreppe hinauf. Die drei !!! griffen nach ihrem Gepäck und folgten ihr.
Im zweiten Stock führte die Pensionsbesitzerin die Mädchen in ein geräumiges Südzimmer mit großen Fenstern. Sie knipste die Deckenlampe an, denn draußen war es inzwischen dunkel geworden. Die Einrichtung bestand aus drei

altmodischen Holzbetten mit verschnörkelten Blumenmustern an Kopf- und Fußende, einem rustikalen Eichenschrank, einem kleinen Tisch und drei Stühlen. Auf dem Tisch stand eine Vase mit Herbstastern, deren violette Blüten um die Wette leuchteten.

»Wie schön!«, rief Kim begeistert.

»Gefällt es euch?«, fragte Frau Frehlert.

»Und wie!«, sagten Franzi und Marie wie aus einem Mund.

»Das freut mich.« Die Pensionsbesitzerin lächelte den Mädchen zu. »Das Badezimmer befindet sich direkt gegenüber. Ich schlage vor, ihr packt jetzt erst mal aus. In einer Stunde gibt es Abendessen im Wintergarten neben der Rezeption. Dort wird auch das Frühstück serviert, jeden Morgen von sieben bis zehn Uhr. Außerdem findet ihr im Erdgeschoss unser Kaminzimmer, das allen Gästen offensteht und in dem wir jetzt im Herbst jeden Abend ein Feuer anzünden.«

»Super, vielen Dank«, sagte Franzi.

Nachdem Mia Frehlert gegangen war, inspizierte Marie zunächst das Bad. Befriedigt stellte sie fest, dass es offenbar vor nicht allzu langer Zeit renoviert worden war. Es gab eine frei stehende Badewanne und sogar eine Massagedusche. Marie liebte es, sich mit kleinen Wellnesseinheiten zu verwöhnen, und verzichtete auch auf Reisen nur ungern auf diesen Luxus. Sie zog ihr Kosmetiktäschchen hervor, frischte schnell ihr Make-up auf und fuhr sich mit der Bürste durch ihre glänzenden langen Haare. Nach einem letzten Blick in den Spiegel kehrte sie in ihr gemeinsames Zimmer zurück und begann, ihre Herbstgarderobe aus dem roten Rollkoffer in den Schrank zu räumen.

Als es Zeit fürs Abendessen war, liefen die drei !!! die Treppe hinunter ins Erdgeschoss. Ein herrlicher Duft nach Gemüsebrühe und frischen Kräutern zog durchs Haus. Auf dem Weg in den Wintergarten kamen sie am Kaminzimmer vorbei und Marie warf einen schnellen Blick hinein. Im offenen Kamin prasselte ein Feuer. Davor standen ein paar Sessel, die zum Verweilen einluden, und im hinteren Bereich gab es einen runden Tisch mit mehreren Stühlen. In einem der Sessel lümmelte ein etwa sechzehnjähriger Junge mit fransigen flachsblonden Haaren und schmalem Gesicht. Er hielt ein Taschenmesser in der Hand und schnitzte an einem Stück Holz herum. Als die drei !!! den Raum betraten, blickte er kurz auf.

»Ihr seid hier falsch«, sagte er statt einer Begrüßung. »Abendessen gibt's im Wintergarten.«

»Vielen Dank für die Information«, gab Marie spitz zurück. »Aber das wissen wir bereits. Außerdem steht das Kaminzimmer *allen* Gästen offen, falls du das noch nicht mitbekommen haben solltest.«

Was bildete sich dieser Kerl eigentlich ein? Wahrscheinlich war er mit seinen Eltern hier, langweilte sich zu Tode und ließ seine schlechte Laune an jedem aus, der das Pech hatte, ihm über den Weg zu laufen.

Doch wenn Marie gedacht hatte, der Junge würde jetzt sauer werden, hatte sie sich getäuscht. Stattdessen hielt er mitten in der Bewegung inne und musterte Marie so eindringlich, dass ihr zu ihrem großen Ärger die Röte ins Gesicht stieg.

»Ist was?«, fragte sie aggressiver als beabsichtigt. »Hab ich irgendwas im Gesicht?«

»Ja«, sagte der Junge. »Die schönsten Augen, die ich je gesehen habe.«

Marie öffnete den Mund und schloss ihn wieder. Die schlagfertige Antwort, die ihr eben noch auf der Zunge gelegen hatte, war wie weggeblasen. Stumm starrte sie den Jungen an, der sich jetzt erhob und auf sie zukam.

»Ich heiße übrigens Kalle.« Er griff nach Maries Hand und drückte sie. Als er sie wieder losließ, schlossen sich ihre Finger um einen kleinen Gegenstand. Es war eine nur wenige Zentimeter große Eule, die kunstvoll aus Holz geschnitzt war.

»Was ist das?«, fragte Marie verwirrt.

»Ein Glücksbringer.« Kalle schien noch mehr sagen zu wollen, doch in diesem Moment erschien Mia Frehlert auf der Türschwelle.

»Da seid ihr ja«, sagte sie. »Ich wollte euch gerade zum Essen holen. Und meinen Sohn habt ihr auch schon kennengelernt.« Sie nickte zu Kalle hinüber, runzelte jedoch gleich darauf die Stirn. »Wie oft hab ich dir schon gesagt, dass du draußen schnitzen sollst, Kalle? Jetzt fliegen hier wieder überall Sägespäne herum.«

»Hier ist es aber gemütlicher als draußen«, gab Kalle zurück und steckte seelenruhig sein Taschenmesser ein. »Also dann, man sieht sich.« Er hob lässig die Hand und schob sich an seiner Mutter vorbei auf den Flur.

Marie sah ihm mit gemischten Gefühlen nach. Was für ein seltsamer Typ! Erst war er total unfreundlich, dann machte er ihr aus heiterem Himmel ein wunderschönes Kompliment und schenkte ihr eine selbst geschnitzte Eule. Auf jeden Fall hatte sie mit ihrer ersten Einschätzung völlig danebengelegen. Sie würden sich also sicher noch öfter über den Weg laufen. Marie konnte nicht leugnen, dass dieser Gedanke ihr Herz höherschlagen ließ.

Während die anderen Gäste nach dem Essen zu einem Verdauungsspaziergang aufbrachen oder auf ihre Zimmer gingen, beschlossen die drei !!!, den Abend vor dem Kamin ausklingen zu lassen. Sie ließen sich in die bequemen Sessel fallen und Marie zog sich einen Fußschemel heran, um die Beine hochzulegen.
»Herrlich!« Sie seufzte wohlig. »So lässt sich's leben.«
Kim stöhnte. »Ich hab mal wieder viel zu viel gegessen. Vielleicht hätte ich auf den Nachtisch verzichten sollen.«
»Da hättest du aber was verpasst«, gab Franzi zu bedenken. »Der Vanillepudding mit heißen Himbeeren war superlecker.«
»Allerdings.« Kim hielt sich den Bauch. »Dafür platzt meine Jeans bald aus allen Nähten.«
Marie hörte schlurfende Schritte hinter sich und wandte den Kopf. Eine alte Frau hatte das Zimmer betreten und trug einen Korb voller Holzscheite zum Kamin. Mit ihrem altmodischen Dutt, dem schlichten, schwarzen Kleid und der gestreiften Schürze sah sie aus, als wäre sie einem vergangenen Jahrhundert entsprungen.
Marie nahm die Füße vom Schemel. »Kann ich Ihnen helfen?«
»Danke, es geht schon.« Die Frau stellte den Korb neben dem Kamin ab. »Ihr seid die neuen Gäste, die heute einge-

troffen sind, oder? Ich bin Hannelore Frehlert. Ihr könnt mich Oma Hannelore nennen, das tun alle hier.«
»Sind Sie mit Mia Frehlert verwandt?«, erkundigte sich Franzi.
Oma Hannelore schmunzelte. »Richtig geraten! Ich bin Mias Mutter. Und Kalles Großmutter.«
»Wohnen Sie alle gemeinsam hier auf dem Eichenhof?«, fragte Kim. »Wie schön!«
»Ja, unsere Familie hält zusammen.« Die alte Frau nickte bedächtig. »Sonst würden wir es auch nicht schaffen, die Pension zu bewirtschaften. Selbst Kalle muss ordentlich mit anpacken. Seit sich sein Vater aus dem Staub gemacht hat, ist er der einzige Mann im Haus.«
»Kalles Vater hat die Familie verlassen?«, hakte Marie nach.
»Vor zehn Jahren schon.« Oma Hannelore winkte ab. »Ist lange her. Er hat es im Düstermoor nicht ausgehalten. Ist nicht jedermanns Sache, hier zu leben.« Ein Schatten huschte über ihr runzliges Gesicht.
»Wieso?«, fragte Kim. »Weil es hier so einsam ist?«
»Das auch.« Oma Hannelore nahm ein Scheit aus dem Korb und legte es ins Feuer. Das Holz knisterte und knackte, während die Flammen gierig an der dunklen Rinde leckten. »Im Herbst und Winter wird es im Moor so dunkel, dass sich selbst der Teufel verirrt. Dann tauchen die Irrlichter auf und flackern in der Nacht.«
Die drei !!! wechselten einen Blick. Franzi zog skeptisch die Augenbrauen hoch. »Irrlichter?«
Die alte Frau sah die Mädchen ernst an. »Kennt ihr nicht die Legende vom versunkenen Dorf?«

Die Detektivinnen schüttelten die Köpfe.

Oma Hannelore setzte sich auf den Schemel und begann zu erzählen. »Vor langer Zeit versank ein ganzes Dorf im Düstermoor, weil die Einwohner ein sündiges Leben geführt hatten. Dort, wo einst das Dorf gewesen war, bildete sich ein schwarzer See, der nach und nach von einer Moordecke überzogen wurde. Doch in den Tiefen des Moores gibt es immer noch Leben. Jeden Sonntag gehen die Bewohner des versunkenen Dorfes in die Kirche und bitten um Erlösung. Dann braust es im Moor und das schlammige Wasser beginnt zu blubbern und zu gären.«

Marie bekam eine Gänsehaut. Sie dachte an die karge Landschaft, durch die sie heute gefahren waren, und konnte sich lebhaft vorstellen, wie die braunen Tümpel zum Leben erwachten.

Kim zückte ein kleines Büchlein, in dem sie Ideen für neue Geschichten sammelte, und machte sich eifrig Notizen. »Wie spannend! Und was hat diese Sage mit den Irrlichtern zu tun?«

»Die Irrlichter sind die Seelen der Versunkenen, die Wanderer in der dunklen Jahreszeit in die Irre führen«, erklärte Oma Hannelore. »Sie wollen die Menschen ins Moor locken und sie zu ihresgleichen machen.«

»Haben Sie schon mal ein Irrlicht gesehen?«, fragte Kim.

Die alte Frau zögerte, bevor sie antwortete. »Allerdings. Ich war ein junges Mädchen und hatte eine Tante im Nachbardorf besucht. Auf dem Rückweg wurde ich im Moor von der Dunkelheit überrascht. Ich konnte nicht mehr die Hand vor Augen sehen und war völlig verloren. Da leuchtete ein Lichtschein in der Ferne auf. Es war eine kleine Flamme, die über das Moor hinwegglitt, als wollte sie mir den Weg zeigen. Aber ich wusste, dass sie mich in die Irre leiten würde, und bin ihr nicht gefolgt.«

Die drei !!! lauschten gebannt. Auf einmal ging das Licht aus und es wurde dunkel im Kaminzimmer. Nur die Flammen im Kamin warfen zuckende Schatten an die Wände. Einen Moment war es ganz still, dann ertönte ein unheimliches Heulen. Es schwoll immer mehr an, wurde lauter und schriller. Es klang wie der Klagelaut einer verlorenen Seele. Marie hätte sich am liebsten die Ohren zugehalten, aber sie war wie gelähmt. Ihr Herz klopfte wie verrückt und sie meinte, einen eisigen Hauch im Nacken zu spüren.

Plötzlich flammte die Deckenlampe wieder auf. Marie blinzelte geblendet. Das Heulen war verstummt, dafür erklang lautes Lachen. Kalle schlenderte ins Kaminzimmer und musterte amüsiert die bleichen Gesichter der drei !!!.

»Ich bin der Moorgeist, huhuuu!« Er riss die Augen auf und zog eine Grimasse. »Gebt's zu, ihr habt einen ganz schönen Schreck bekommen, oder?«

»Sehr witzig!« Kim hob mit zitternden Händen das Notizbuch auf, das zu Boden gefallen war. »Ich hätte fast einen Herzinfarkt gekriegt.«

»Die Gruseleinlage war nicht übel«, musste Franzi zugeben. »Hast du mal darüber nachgedacht, in einer Geisterbahn anzufangen?«

Kalle grinste. »Keine schlechte Idee. Hey, alles klar bei dir?« Sein Gesicht nahm einen besorgten Ausdruck an, als er Marie betrachtete.

Marie versuchte ein Lächeln, das ziemlich verkrampft ausfiel. »Logisch.« Auf keinen Fall wollte sie zugeben, dass sie sich für einen Moment ins dunkle Moor versetzt gefühlt hatte, allein unter den verlorenen Seelen der Versunkenen …
Oma Hannelore warf ihrem Enkel einen vorwurfsvollen Blick zu. »Man sollte sich nicht über die alten Legenden lustig machen. Sonst kommen die Moorgeister und holen dich.«
»Keine Sorge, Oma, ich pass schon auf mich auf.« Kalle legte seiner Großmutter liebevoll die Hand auf die Schulter.
»Glaubst du an die Sagen über das Moor?«, erkundigte sich Franzi. »Das sind doch nur alte Geschichten, die sich vor langer Zeit jemand ausgedacht hat, oder?«
Kalle wurde ernst. »Jede Sage hat einen wahren Kern. Die Legenden über das Düstermoor sind uralt, genau wie das Moor selbst. Es birgt viele Geheimnisse, die es nur selten preisgibt.«
»Zum Beispiel?«, fragte Kim interessiert.
»Zum Beispiel die Moorleiche, die vor einigen Jahren im Düstermoor gefunden wurde. Sie wird jetzt im Moormuseum ausgestellt. Habt ihr etwa noch nie etwas von dem berühmten ›Mädchen von Moorhausen‹ gehört?«
»Nein!« Kim zückte sofort wieder ihren Stift. »Wo wurde das Mädchen gefunden? Weiß man, wie es gestorben ist?«
Doch Oma Hannelore ließ ihrem Enkel keine Zeit zum Antworten. »Schluss mit den alten Geschichten«, sagte sie barsch. »Zeit zum Schlafengehen.«
»Jetzt schon?«, fragte Kalle.
»Es ist spät genug. Husch, husch, ab in eure Betten!« Oma

Hannelore erhob sich und scheuchte die drei !!! und Kalle aus dem Kaminzimmer.

An der Treppe verabschiedete sich Kalle von den Detektivinnen. »Gute Nacht.« Er sah Marie direkt in die Augen. »Ich wünsche dir süße Träume.«

Marie antwortete mit einem strahlenden Lächeln. Der Schreck über Kalles Gruseleinlage war endgültig verflogen. Als sie die Treppe hinaufging, meinte sie zu schweben.

Das Mädchen von Moorhausen

Am Sonntagmorgen machten sich die drei !!! nach dem Frühstück auf den Weg ins Gemeindezentrum, wo die Kreativkurse beginnen sollten.

»Dieser Kalle hat es dir ganz schön angetan, was, Marie?«, fragte Franzi, während sie durch den Wald zum Dorf gingen. Leichter Nebel hing zwischen den Bäumen und es war ungemütlich kalt.

»Ich finde ihn tatsächlich ganz süß«, gab Marie zu. »Auch wenn ich nicht so richtig schlau aus ihm werde.«

»Und was ist mit Holger?«, wollte Kim wissen.

Marie zuckte mit den Schultern. »Was soll mit ihm sein?«

»Ich dachte, er ist deine große Liebe und du vermisst ihn ganz schrecklich.«

»Das stimmt auch.« Marie wickelte sich ihren Schal fester um den Hals. »Aber deshalb kann ich doch ein bisschen mit Kalle flirten. So vergeht die Zeit bestimmt viel schneller, bis ich Holger wiedersehe.« Dass Holger gestern Abend beim Blick in Kalles geheimnisvoll graue Augen ganz weit weg gewesen war, verriet Marie lieber nicht. Ihre Freundinnen mussten schließlich nicht alles wissen.

»Typisch Marie!« Franzi grinste. »Immer zum Flirten aufgelegt.«

»Musst du gerade sagen«, gab Marie zurück. »Wer von uns beiden ist denn in letzter Zeit die Flirtkönigin?«

»Die Geistervorstellung hätte Kalle sich jedenfalls sparen können.« Kim zog die Schultern hoch. »Aber die Legende,

die seine Oma erzählt hat, fand ich total spannend. Daraus könnte man eine prima Geschichte machen.«
»Die alte Frau Frehlert erinnert mich ein bisschen an Oma Lotti.« Franzi klang plötzlich traurig. »Sie hat auch immer so gerne Geschichten erzählt.«
»Stimmt, die Legende vom Märchenwald zum Beispiel.« Marie griff nach Franzis Hand und drückte sie. »Du hast so viele schöne Erinnerungen an deine Oma, die kann dir keiner nehmen.«
»Du hast recht.« Ein kleines Lächeln erschien auf Franzis Gesicht. »Oma Hannelore und Oma Lotti hätten sich bestimmt gut verstanden, meint ihr nicht auch?«
»Auf jeden Fall«, bestätigte Kim. »Sie hätten garantiert einen Erzählwettbewerb angezettelt und sich gegenseitig mit ihren gruseligen Geschichten zu übertrumpfen versucht.«
Bei der Vorstellung musste Franzi lächeln. Jetzt sah sie schon nicht mehr ganz so traurig aus.
»Dort drüben ist es.« Marie zeigte auf ein Fachwerkhaus, über dessen Tür ›GEMEINDEZENTRUM‹ stand. Sie hatten den Wald hinter sich gelassen und die Dorfstraße erreicht. Auf beiden Seiten standen hübsche alte Häuser, die liebevoll restauriert worden waren. Am Ende der Straße ragte ein Kirchturm in den nebelverhangenen Himmel.
Die drei !!! betraten das Gemeindezentrum und wurden in der Eingangshalle von einer jungen Frau mit blondem Pferdeschwanz und modischer schwarzer Brille begrüßt. »Hallo, ich bin Evi Hambacher. Ich arbeite für die Tourist-Information von Moorhausen und betreue die jugendlichen Feriengäste. Welche Kreativkurse habt ihr gebucht?«

»Ich nehme am Krimi-Schreibworkshop teil und meine Freundinnen am Mal- und Zeichenkurs«, antwortete Kim.
»Prima! Kommt bitte mit.« Evi Hambacher führte sie zu den Seminarräumen, die im Erdgeschoss direkt nebeneinanderlagen. Ein paar Kursteilnehmer waren schon da und unterhielten sich. »In den Herbstferien kommen immer viele Jugendliche nach Moorhausen«, erklärte Evi Hambacher. »Das Angebot unserer Kreativferien wird sehr gut angenommen. Es gibt auch ein umfangreiches Freizeitprogramm, das ich extra für euch zusammengestellt habe.« Sie reichte den Mädchen eine Liste. »Hier könnt ihr euch für die verschiedenen Veranstaltungen eintragen. Es werden Museumsbesuche, Führungen durchs Dorf, Moorwanderungen, Radtouren, eine Fahrt mit dem Torfkahn oder dem Moorexpress angeboten. Bitte gebt mir die Liste nachher zurück.«
»Danke.« Kim überflog das Blatt. »Klingt spannend. Ich will auf jeden Fall ins Moormuseum und mir das ›Mädchen von Moorhausen‹ ansehen.«
Evi Hambacher warf einen Blick auf ihre Armbanduhr. »Ihr solltet jetzt reingehen, gleich beginnen die Kurse. Bis später!«
Während Kim zu ihrem Schreibworkshop eilte, betraten Marie und Franzi das Atelier, in dem der Mal- und Zeichenkurs stattfinden sollte. Eine rundliche Frau in einem wallenden Batikgewand winkte sie mit ausholenden Bewegungen herein. Auf dem Kopf trug sie eine Art Turban, unter dem sich kastanienbraune Locken hervorringelten.
»Hereinspaziert! Ich bin Claire Milsbach, freie Künstlerin und in der kommenden Woche eure Begleiterin durch die wunderbare Welt der Kreativität.« Ihre knallrot geschmink-

ten Lippen verzogen sich zu einem breiten Lächeln. »Wir werden eine aufregende Reise in die Tiefen unseres Ichs unternehmen, um unser Kreativitätszentrum zu aktivieren.«
Franzi seufzte, während sie sich neben Marie an einen Tisch voller Farbkleckse setzte, und murmelte: »Na, das kann ja heiter werden …«
Marie grinste. »Sei nicht so negativ. Ich glaube, wir werden hier jede Menge Spaß haben.«

Der Vormittag verging wie im Flug. Mittags gab es einen Imbiss in der Rathaus-Kantine und am Nachmittag stand der Besuch des Moormuseums auf dem Programm, für den sich die drei !!! auf Kims Wunsch hin angemeldet hatten. Außerdem wollten sie in den nächsten Tagen an einer Führung durchs Dorf und der Fahrt mit dem Torfkahn teilnehmen.
Unter Maries Stiefeln raschelte das welke Laub, als sie nach dem Mittagessen zum Moormuseum marschierten, das etwas versteckt in einem kleinen Park lag. Der morgendliche Nebel hatte sich verzogen, aber die Wolkendecke am Himmel war immer noch so dicht, dass die Sonne keine Chance hatte.
»Ob ich meinen Kurs noch wechseln kann?«, überlegte Franzi laut, während sie missmutig einen Stein zur Seite kickte. »Ich drehe glatt durch, wenn ich diese Verrückte eine Woche lang ertragen muss.«
»Ich fürchte, alle anderen Kurse sind ausgebucht.« Kim zupfte ihre Wollmütze zurecht.
»Also, ich finde Claire ganz nett«, sagte Marie. »Ein bisschen überdreht vielleicht, aber …«

»Ein bisschen?«, fiel Franzi ihr ins Wort. »Das ist die Untertreibung des Jahrhunderts.«
»War es so schlimm?«, erkundigte sich Kim.
Franzi nickte. »Und ob! Erst hat sie uns etwas von unserem inneren Kraftzentrum und den verschlungenen Wegen der Kreativität erzählt und dann sollten wir uns zu seltsamer Panflötenmusik freimalen.«
Kim kicherte. »Wie soll das denn gehen?«
»Keine Ahnung. Genau das ist ja mein Problem.«
»Versuch einfach, dich ein bisschen darauf einzulassen, dann funktioniert es auch«, riet Marie. »Mir hat das Freimalen jedenfalls total viel Spaß gemacht.«
»Kein Wunder, du interessierst dich ja auch für Tarotkarten, Kerzenorakel, Liebeszauber und diesen ganzen esoterischen Kram«, murrte Franzi. »Ich kann damit nun mal nichts anfangen.«
»Mein Schreibworkshop ist jedenfalls super«, schwärmte Kim. »Wir haben lauter Schreibübungen gemacht, die ich noch nicht kannte, und ich hab schon eine tolle Idee für eine spannende Moor-Geschichte. Oma Hannelores Legende hat mich richtig inspiriert.«
»Freut mich für dich«, sagte Marie. Sie hatten das Moormuseum erreicht und Marie stieß die Tür auf.
Evi Hambacher wartete schon auf sie, gemeinsam mit einigen anderen Jugendlichen. Marie grüßte zwei Mädchen aus ihrem Malkurs.
»Jetzt sind wir komplett.« Evi hakte die Namen auf ihrer Liste ab. »Ich werde euch heute durch unser Moormuseum führen. Was interessiert euch denn besonders?«

»Die Moorleiche!« Kims Antwort kam wie aus der Pistole geschossen. Ein paar andere nickten.
Evi schmunzelte. »Das habe ich mir gedacht. Das ›Mädchen von Moorhausen‹ ist die große Attraktion des Museums. Seit sie hier ausgestellt wird, haben sich die jährlichen Besucherzahlen verdoppelt. Aber zuerst schauen wir uns den Ausstellungsraum zur Geschichte des Düstermoores an.«
Die Gruppe setzte sich langsam in Bewegung, während Evi erklärte, wie sich Moore bildeten. Marie betrachtete die Schaubilder, die die Verbreitung der Moore auf der Erde zeigten und verschiedene Moortypen verdeutlichten.
»Und jetzt kommen wir zum Höhepunkt des heutigen Nachmittags«, verkündete die Betreuerin dramatisch, als sie den nächsten Raum betraten. »Darf ich vorstellen? Das berühmte ›Mädchen von Moorhausen‹!«
Alle stürmten zu der großen, klimatisierten Glasvitrine, die gut ausgeleuchtet in der Mitte des Raumes stand. Marie hörte beeindruckte Ahs und Ohs, während sie den anderen langsam folgte. Sie war sich gar nicht so sicher, ob sie die Moorleiche tatsächlich aus der Nähe sehen wollte.
»Komm her, Marie!« Kim winkte ihr zu. »Das musst du dir anschauen.«
Seufzend ging Marie zu Kim und Franzi hinüber. »Muss ich wirklich?«
»Und ob! Das ist echt faszinierend.« Kim deutete auf den Kopf der Moorleiche. »Die Haare des Mädchens sind total gut erhalten, und das, obwohl sie so lange im Moor gelegen hat.«
Marie gab sich einen Ruck und warf einen Blick in die Vi-

trine. Der Anblick war zum Glück nicht so gruselig, wie sie befürchtet hatte. Das Mädchen lag auf der Seite und hatte Arme und Beine angewinkelt. Es sah aus, als hätte sie sich zum Schlafen hingelegt. Die Knochen waren dunkelbraun verfärbt und am Kopf hingen tatsächlich mehrere lange Haarsträhnen von undefinierbarer Farbe.

»Das ›Mädchen von Moorhausen‹ wurde erst vor einigen Jahren im Düstermoor gefunden«, erklärte Evi Hambacher. »Es hat vermutlich in der vorrömischen Eisenzeit gelebt, um 650 vor Christus, also vor etwa 2.700 Jahren. Damit handelt es sich um eine der ältesten Moorleichen Deutschlands.«

»Wahnsinn!«, murmelte Franzi.

Kim holte ihr Notizbuch hervor und schrieb eifrig mit. »Wie alt war sie, als sie gestorben ist?«

»Die Experten gehen davon aus, dass sie bei ihrem Tod Mitte zwanzig war«, antwortete Evi.

»So jung!« Marie tat das ›Mädchen von Moorhausen‹ plötzlich furchtbar leid. Sie hatte vermutlich nicht viel vom Leben gehabt.

»Weiß man, was die Todesursache war?«, erkundigte sich Franzi.

»Darüber ist leider noch nichts Genaueres bekannt«, sagte Evi bedauernd. »Sicher ist nur, dass sich an den Unterarmknochen zwei Verletzungen befinden, die vermutlich von Messerstichen stammen.«

»Das könnten Abwehrverletzungen sein«, vermutete Kim. »Vielleicht hat sich das Mädchen die Arme vors Gesicht gehalten, um sich gegen einen Angreifer zu wehren, und wurde dabei verletzt.«

»Gut möglich.« Evi rückte ihre Brille gerade. »Ihr habt übrigens Glück, dass ihr die Moorleiche noch zu Gesicht bekommt. Morgen soll sie abgeholt und in ein Forschungszentrum gebracht werden. Dort wird das ›Mädchen von Moorhausen‹ von einem Forscherteam untersucht, um weitere Informationen über ihre Lebens- und Todesumstände zu erhalten und Schädel- und Gesichtsrekonstruktionen durchzuführen.«

»Wie aufregend.« Kim steckte ihr Notizbuch weg.

Marie war trotz allem froh, als sie die Moorleiche hinter sich ließen und den nächsten Raum betraten. Ihr waren die Lebenden eindeutig lieber als die Toten. Sie tastete in ihrer Tasche nach der kleinen Holzeule. Prompt tauchte Kalles Gesicht vor ihrem inneren Auge auf. Was er wohl gerade machte? Ob sie sich heute noch sehen würden? Und ob er auch manchmal an sie dachte?

»Wo bleibst du denn, Marie?«, rief Kim von der Tür her. Die restliche Gruppe wartete bereits am Ausgang. »Was hältst du davon, wenn wir uns im Museumscafé mit einem Stück ›Moorhausener Torfsoden‹ stärken?«

»Gute Idee!« Marie schüttelte die Gedanken an Kalles verschmitztes Lächeln und seine grauen Augen ab und beschloss, sich nicht länger den Kopf zu zerbrechen, sondern lieber die Gegenwart zu genießen. Ein Stück Honigkuchen und ein heißer Kakao waren dafür genau das Richtige!

Geheimnis im Düstermoor

Beim Abendessen in der Pension ging den drei !!! das ›Mädchen von Moorhausen‹ nicht aus dem Kopf. Vor allem Kim ließ das Schicksal der jungen Frau nicht los.

»Ich wüsste zu gern, woran die Arme gestorben ist.« Kim schob sich nachdenklich einen Löffel Kartoffelsuppe in den Mund.

»Wir könnten ein paar Ermittlungen anstellen«, schlug Franzi vor. »Vielleicht haben wir ja einen neuen Fall?«

Marie tunkte ein Stück Brot in die dampfende Suppe. »Ein 2.700 Jahre alter ungelöster Kriminalfall, das wäre tatsächlich mal etwas ganz Besonderes für unseren Detektivclub.«

»Ich fürchte, das bringt nichts«, gab Kim zu bedenken. »Am Tatort nach Spuren zu suchen, ist nach so langer Zeit völlig sinnlos. Und um den Fall ohne konkrete Indizien zu lösen, fehlen uns zu viele Hintergrundinformationen. Wir wissen praktisch nichts über das Mädchen und sein Leben in der Eisenzeit.«

»Glaubt ihr, sie ist umgebracht worden?«, fragte Franzi leise. Stille senkte sich über den Tisch und Marie lief es kalt den Rücken hinunter. Sie hörte die gemurmelten Gespräche an den anderen Tischen, während sie an der flackernden Kerze auf der Fensterbank vorbei in die dunkle, regnerische Nacht blickte. Es war eine gruselige Vorstellung, dass eine junge Frau vorsätzlich getötet und im Moor versenkt worden war – auch wenn es schon 2.700 Jahre her war.

»Es könnte ein Eifersuchtsdrama gewesen sein«, überlegte

Kim, deren Fantasie sofort auf Hochtouren lief. »Zwei Männer waren gleichzeitig in das Mädchen verliebt. Sie hat sich für den einen entschieden und der andere hat sie rasend vor Eifersucht ins Moor gestoßen.«

»Oder sie wurde im Kampf getötet.« Franzi hielt ihren Suppenlöffel in die Höhe. »Vielleicht war das Mädchen eine Kriegerin, die ihre Sippe gegen Feinde verteidigt hat. Leider waren die Gegner in der Überzahl und haben sie überwältigt.«

»Ich hab mal von einer wissenschaftlichen Theorie gelesen, die besagt, dass viele Moorleichen Könige waren«, erzählte Marie. »Sie wurden von ihrem Volk geopfert und im Moor versenkt, um die Götter gnädig zu stimmen. Zum Beispiel nach einer Missernte, einer Hungersnot oder einer Epidemie.«

»Das ›Mädchen von Moorhausen‹ als Königin ... Der Gedanke gefällt mir«, sagte Kim versonnen.

»Es könnte auch einfach ein Unfall gewesen sein.« Franzi nahm sich das letzte Stück Brot aus dem Brotkorb. »Vielleicht ist das Mädchen durchs Moor gegangen, vom Weg abgekommen und versunken.«

»Woher stammen dann die Messerstiche?«, wollte Marie wissen.

Franzi zuckte mit den Schultern. »Keine Ahnung. Möglicherweise hatte es die vorher schon.«

Kim seufzte. »Vermutlich wird das Schicksal des Mädchens für immer ungeklärt bleiben ...«

Oma Hannelore, die gerade in den Wintergarten gekommen war, um frisches Brot auf die Tische zu stellen, hatte den

Schluss der Unterhaltung mit angehört. »Diese Wissenschaftler werden schon dafür sorgen, dass das ›Mädchen von Moorhausen‹ all seine Geheimnisse preisgibt.« Mit verbitterter Miene griff sie nach dem leeren Brotkorb und ersetzte ihn durch einen, der mit gerösteten Weißbrotscheiben gefüllt war.

»Wie meinen Sie das?«, fragte Kim.

»Wie ich das meine? Das kann ich euch sagen!« Oma Hannelore stellte den leeren Brotkorb zur Seite und stemmte die Hände in die Hüften. »Diese Forscher werden den Mageninhalt des Mädchens untersuchen, um herauszufinden, was sie vor ihrem Tod gegessen hat. Sie werden die chemische Struktur ihrer Haare analysieren, sie von oben bis unten durchleuchten, jeden Knochen dreimal umdrehen und in ihren Eingeweiden herumstochern.«

Ihre Stimme war immer lauter geworden und die Gespräche an den Nachbartischen verstummten. Ein Gast schob mit angewiderter Miene seinen halb vollen Teller Suppe weg.

Auch Marie war der Appetit vergangen. »So habe ich das noch gar nicht gesehen …«

Aber Oma Hannelore hörte gar nicht zu. Sie war jetzt richtig in Fahrt. »Eigentlich müsste man diese Verbrecher wegen Störung der Totenruhe verklagen. Warum können die Leute das arme Mädchen nicht in Ruhe lassen? Sie hat schließlich schon genug gelitten und hätte endlich ein anständiges Begräbnis verdient, statt öffentlich ausgestellt zu werden. Aber heutzutage denken die Menschen ja nur noch an sich.«

»Das kann man so pauschal nicht sagen«, wandte Franzi ein, doch die alte Frau ließ sie nicht ausreden.

»Die Dorfbewohner wollen Touristen ins Dorf locken, um Geld zu verdienen, dafür ist ihnen jedes Mittel recht«, schimpfte sie. »Unser schönes Künstlerdorf verkommt immer mehr zum Rummelplatz. Früher, als mein Vater und später mein Mann als Bildhauer in Moorhausen gelebt und gearbeitet haben, wurde hier noch große Kunst geschaffen. Heute wohnt kaum noch ein ernst zu nehmender Künstler im Ort. Kein Wunder bei dem Trubel, der hier immer herrscht.«

Oma Hannelore verstummte und rang nach Luft. Die Aufregung hatte ihr sichtlich zugesetzt. Die Gäste schwiegen betreten, während die Suppe auf ihren Tellern allmählich kalt wurde.

»Alles in Ordnung, Oma?« Kalle kam herein und warf seiner Großmutter einen besorgten Blick zu.

»Ja … ja …« Die alte Frau war immer noch etwas außer Atem.

»Setz dich ins Kaminzimmer und ruh dich ein bisschen aus«, schlug Kalle vor. »Ich mach hier weiter.«

»Das ist lieb von dir.« Oma Hannelore lächelte ihrem Enkel zu. In ihrem eben noch vor Wut flackernden Blick lag nun eine große Wärme.

»Du sollst dich doch nicht so aufregen«, sagte Kalle leise. »Das tut dir nicht gut.«

»Ich weiß, ich weiß.« Oma Hannelore streichelte Kalle im Vorbeigehen zärtlich über die Wange und verließ den Wintergarten.

Kalle begann, die restlichen Brotkörbe auszutauschen. Die anderen Gäste nahmen ihre Gespräche wieder auf.

»Tut mir leid«, entschuldigte sich Kalle, als er an den Tisch der drei !!! trat. »Es gibt ein paar Themen, die meine Oma so richtig in Rage bringen.«

»Kein Problem.« Marie winkte ab. »Eigentlich hat sie ja recht.«

»Ich hab mir nie Gedanken darüber gemacht, ob es moralisch richtig ist, eine Moorleiche öffentlich auszustellen«, gab Franzi zu.

»Ich auch nicht«, sagte Kim. »Eigentlich müssen wir uns entschuldigen. Es ist unsere Schuld, dass deine Oma sich so aufgeregt hat.«

»Ihr konntet ja nicht wissen, wie empfindlich sie auf dieses Thema reagiert. Leider ist sie nicht mehr die Jüngste.« Kalles graue Augen waren voller Sorge. »Ich wünschte, sie würde es ruhiger angehen lassen und die Dinge etwas gelassener sehen.«

»Du magst deine Oma sehr, oder?«, fragte Marie.

»Ja«, sagte Kalle schlicht. »Sie ist neben meiner Mutter der wichtigste Mensch für mich.«

Marie unterdrückte einen hingerissenen Seufzer. Ein Junge, der offen zugab, seine Großmutter zu lieben, das war einfach zum Dahinschmelzen!

»Haben die Damen noch einen Wunsch?«, fragte Kalle, jetzt ganz der galante Kellner.

»Vielen Dank, der Herr, wir sind wunschlos glücklich«, gab Marie lächelnd zurück.

»Schade.« Kalle grinste verschmitzt. »Ich würde dir gerne jeden Wunsch von den Augen ablesen.«

Marie wurde rot. Wieder einmal fehlten ihr die Worte. Das

wurde langsam zu einer ärgerlichen Angewohnheit in Kalles Anwesenheit. Dabei war sie doch sonst nicht auf den Mund gefallen … »Vielleicht ein andermal«, murmelte sie schließlich.

»Stets zu Diensten.« Kalle deutete eine Verbeugung an und verließ fröhlich pfeifend den Wintergarten.

Geheimes Tagebuch von Kim Jülich
Sonntag, 22:23 Uhr

Wenn du nicht Kim Jülich heißt und trotzdem weiterliest, schicke ich dir ein paar Moorgeister, die durch deine Träume spuken, bis du dir wünschst, du hättest niemals einen Blick auf die folgenden Zeilen geworfen!

Michi, was ist nur los mit uns? Warum haben wir uns so weit voneinander entfernt? Und damit meine ich nicht nur die räumliche *Distanz, sondern auch die gefühlsmäßige …*

Die letzten beiden Wochenenden ist Michi in seinem Studienort geblieben. Er scheint sich dort immer besser einzuleben. Das freut mich natürlich für ihn, aber eine Frage stelle ich mir trotzdem immer wieder: Vermisst er mich denn gar nicht??? Während ich schreckliche Sehnsucht nach ihm habe, schwärmt er am Telefon von den tollen Partys, seinen vielen neuen Freunden und den interessanten Seminaren. Und dann wundert er sich, wenn ich immer einsilbiger werde …

Besonders blöd ist: Ausgerechnet dieses Wochenende ist er mal wieder nach Hause gefahren, aber jetzt bin ich nicht da. Als ich ihm das bei einem unserer letzten Telefonate gesagt habe, fand er das nicht so toll. Er war sogar ziemlich beleidigt. Was denkt er sich eigentlich? Dass ich nichts anderes zu tun habe, als zu

Hause Däumchen zu drehen und auf ihn zu warten? Nein, lieber Michi, so nicht! Ich habe auch ein Leben und eigene Interessen. Die Welt dreht sich nicht nur um dich, Michi Millbrandt!
Seit wir gestern in Moorhausen angekommen sind, herrscht Funkstille. Kein Anruf von Michi, keine SMS, nichts. Ich frage mich, was das jetzt wieder bedeutet. Spielt er die beleidigte Leberwurst? Oder bin ich ihm inzwischen so egal, dass er sich nicht mehr die Mühe macht, mir zu simsen?
Gut, dass ich mich mit dem Schreibworkshop ablenken kann. Der Kurs ist toll und ich habe schon viele neue Ideen in meinem Notizbuch gesammelt. Das reicht für mindestens drei Romane! Am Ende der Woche gibt es eine kleine Lesung, auf der wir die Ergebnisse unserer Arbeit vor Publikum präsentieren. Ich bin schon ganz aufgeregt! Aber erst mal freue ich mich darauf, morgen an meiner Kurzgeschichte weiterzuschreiben. Eigentlich ist der Inhalt ja noch streng geheim, aber hier kann ich es ja verraten: Es wird um das Schicksal des ›Mädchens von Moorhausen‹ gehen. Ich habe auch schon den perfekten Titel: ›Geheimnis im Düstermoor‹!

Ein Dorf unter Schock

Am nächsten Morgen saß Marie müde am Frühstückstisch und rührte in ihrem Kräutertee. Sie hatte schlecht geschlafen, weil das ›Mädchen von Moorhausen‹, Holger, Kalle und Oma Hannelore durch ihre Träume gegeistert waren. Außerdem hatte sie ein schlechtes Gewissen. Holger hatte ihr schon dreimal gesimst und sie hatte immer noch nicht geantwortet. Sie wusste selbst nicht genau, warum. Vielleicht weil ihre Gedanken ständig um Kalle kreisten? Aber das war doch nur ein harmloser Flirt. Oder? Marie schüttelte den Kopf, um die verwirrenden Gefühle zu verscheuchen.

»Was ist los? Hast du Wasser im Ohr?« Kim balancierte vorsichtig einen vollen Teller zu ihrem Tisch. Sie war bereits am Frühstücksbuffet gewesen und hatte sich für eine Portion Rühreier mit Speck, kleine Rostbratwürstchen, Brot, Butter, Kräuterquark und ein Schokocroissant zum Nachtisch entschieden.

Marie gähnte. »Nein, ich versuche nur, richtig wach zu werden.«

»Wieso? Hast du etwa die ganze Nacht von Kalle geträumt?« Franzi setzte sich ebenfalls an den Tisch. Sie hatte sich nur ein Glas Orangensaft und eine Schale Müsli mit Joghurt geholt. Meistens hatte sie morgens noch keinen großen Appetit.

Marie zuckte zusammen und versuchte, ein harmloses Gesicht zu machen. Franzi sollte nicht merken, dass sie ins Schwarze getroffen hatte. Wieder einmal kam ihr ihr Schauspieltalent zugute. Marie hatte schon lange ein großes Ziel: Sie wollte später eine berühmte Sängerin oder Schauspielerin werden. Diesen Traum verfolgte sie seit Jahren und eines Tages würde sie ihn verwirklichen, da war sie sich ganz sicher.

Ehe Franzi und Kim nachhaken konnten, kam Mia Frehlert in den Frühstücksraum und brachte eine neue Kanne frisch gepressten Orangensaft. Sie lächelte den drei !!! zu. »Habt ihr alles, was ihr braucht?«

Kim nickte. »Danke! Das Frühstücksbuffet ist wirklich toll.«

»Es gibt übrigens sensationelle Neuigkeiten aus dem Dorf.« Die Pensionsbesitzerin machte eine spannungsgeladene Pause, bevor sie weitersprach. »Stellt euch vor, die Moorleiche wurde gestohlen!«

»Was?«, rief Marie. »Das ›Mädchen von Moorhausen‹?«

Mia Frehlert nickte. »Der Botenjunge von der Bäckerei hat es mir vorhin erzählt, als er unsere Brötchen geliefert hat.«

»Das gibt's doch nicht!« Kim schüttelte ungläubig den Kopf. »Wir haben die Moorleiche doch gestern noch im Museum gesehen.«

»Wie konnte das passieren?«, fragte Franzi.

»Genaueres weiß ich leider auch noch nicht«, sagte Mia Frehlert bedauernd. »Das ganze Dorf steht unter Schock. Kein Wunder, die Moorleiche ist eine wichtige Touristenattraktion und damit bares Geld wert. Viele Besucher kommen in erster Linie ihretwegen. Aber lasst euch davon nicht den Appetit verderben«, fügte sie hinzu, als sie die schockierten Gesichter der Mädchen sah. »Einen schönen Tag noch!«

»Danke, Ihnen auch«, murmelte Marie.

»Wer stiehlt denn eine Moorleiche?«, wunderte sich Franzi. »Und warum?«
»Genau das sollten wir herausfinden.« Kim wischte sich die von den Würstchen fettigen Finger an ihrer Serviette ab.
»Heißt das, wir haben einen neuen Fall?«, fragte Marie.
Kim nickte. »Sieht ganz so aus. Am besten, wir beginnen sofort mit den Ermittlungen. Wir haben noch ein bisschen Zeit, bevor unsere Kurse anfangen. Was haltet ihr davon, wenn wir auf dem Weg zum Gemeindezentrum beim Moormuseum vorbeischauen?« Sie warf einen bedauernden Blick auf ihren erst zur Hälfte geleerten Teller. »Obwohl es mir in der Seele wehtut, dieses köstliche Rührei stehen zu lassen. Aber als Detektivin muss man eben Prioritäten setzen.«
Franzi grinste. »Stimmt genau.« Sie erhob sich. »Auf geht's, Mädels!«
Kim griff schnell noch nach dem Schokocroissant und steckte es ein. Die Detektivinnen schlüpften in ihre Jacken und verließen eilig die Pension.
Draußen war ein klirrend kalter Herbstmorgen angebrochen. Die aufgehende Sonne färbte den Himmel orangerot und die Luft war so klar wie frisches Quellwasser. Marie atmete tief ein. Ein erwartungsvolles Kribbeln rieselte durch ihren Körper. Sie konnte es kaum erwarten, sich in die Ermittlungen zu stürzen.
»Was haltet ihr von einer Extraportion Energie?«, fragte Franzi und streckte den Arm aus.
Marie und Kim folgten ihrem Beispiel, und alle drei legten die Hände übereinander.
»Die drei !!!«, sagten Kim, Franzi und Marie im Chor.

Kim sagte: »Eins!«, Marie »Zwei!« und Franzi »Drei!«. Zum Schluss hoben sie gleichzeitig die Hände und riefen: »Power!!!«
Das altbewährte Ritual versorgte die drei !!! jedes Mal mit einem Energieschub, den sie für ihre Ermittlungen oft genug dringend nötig hatten.
»Jetzt kann's losgehen!« Kim rieb sich unternehmungslustig die Hände und die Detektivinnen machten sich auf den Weg zum Tatort.

Obwohl das Moormuseum noch geschlossen war, hatten sich vor dem Eingang einige Dorfbewohner versammelt, die aufgeregt die Ereignisse besprachen. Die drei !!! mischten sich unter die Leute und spitzten die Ohren.
»Wie kann man nur eine Moorleiche stehlen?«, wunderte sich eine Frau in Outdoor-Jacke und Wanderschuhen.
»Wirklich unglaublich«, bestätigte eine andere Frau.
»Das muss eine professionelle Verbrecherbande gewesen sein«, verkündete ein Mann mit Glatze und gerötetem Gesicht. »Das organisierte Verbrechen hat beste Kontakte in alle Welt. Wahrscheinlich verkaufen sie unser ›Mädchen von Moorhausen‹ an einen verrückten Sammler in Südamerika.«
»Und wenn die Moorleiche gar nicht gestohlen worden ist?«, raunte eine ältere Dame direkt neben Marie. Sie trug ein geblümtes Kopftuch, unter dem zerzauste weiße Haarsträhnen hervorschauten. Außer Marie schenkte ihr niemand Beachtung.
»Was meinen Sie damit?«, fragte Marie.
»Ich glaube, das Mädchen ist ins Moor zurückgekehrt.« Die

Stimme der Alten wurde noch etwas leiser. »Sie wollte nach Hause.«
Marie starrte die Frau ungläubig an. Machte sie sich über sie lustig? Nein, sie schien es tatsächlich ernst zu meinen. »Sie meinen …« Marie zögerte. »Sie meinen, das ›Mädchen von Moorhausen‹ ist wieder zum Leben erwacht und zurück ins Düstermoor marschiert?«
Die alte Frau nickte bedächtig. »Wäre nicht das erste Mal. Die Seelen der Verstorbenen wandern in mondlosen Nächten gerne durchs Moor. Hab gestern Nacht eine Menge Irrlichter über dem Düstermoor gesehen. Sie haben dem Mädchen den Weg gewiesen.«
Marie schluckte. Obwohl heller Morgen war und die Sonne gerade wie ein roter Feuerball hinter dem Museum aufging, lief ihr ein kalter Schauer über den Rücken.
Maries Aufmerksamkeit wurde von einem dicklichen Mann in blauer Uniform abgelenkt, der mit fuchtelnden Armen versuchte, die Menge zu zerstreuen.
»Hier gibt es nichts zu sehen, bitte gehen Sie weiter!«, rief er streng, doch niemand hörte auf ihn.
»Das ist bestimmt der Dorfpolizist«, stellte Kim fest.
Marie musterte den Mann. »Er ist offenbar ziemlich überfordert.«
»Nicht mal den Tatort hat er absperren lassen.« Franzi nickte zum Eingang des Museums hinüber, der für jedermann frei zugänglich war. »Das ist völlig unprofessionell.«
»Stimmt«, sagte Kim. »So können wichtige Spuren vernichtet werden. Das würde Kommissar Peters und seinen Kollegen nicht passieren.«

Kommissar Peters war ein Freund von Maries Vater und ein guter Bekannter der drei !!!. Wenn es brenzlig wurde, war er stets für sie da. Im Gegenzug hatten die Detektivinnen ihm schon einige Kriminelle auf dem Silbertablett serviert. Leider gehörte Moorhausen nicht zu seinem Zuständigkeitsgebiet. Marie beobachtete den Polizisten, der immer noch vergeblich versuchte, die Schaulustigen wegzuschicken. »Ich glaube, der Mann braucht dringend Hilfe«, sagte sie. »Kommt mit!«

Die Detektivinnen drängten sich durch die Menge, bis sie vor dem Polizisten standen.

»Guten Tag, Herr …«, begann Marie.

»Ich bin Polizeihauptmeister Heino Thiele«, stellte sich der Mann vor. Die blaue Jacke spannte über seinem Bauch. Die grauen Haare unter der Dienstmütze waren kurz geschnitten und sein weißer Schnurrbart ordentlich gestutzt.

»Guten Tag, Herr Polizeihauptmeister.« Marie lächelte. »Sind Sie für die Ermittlungen im Fall der verschwundenen Moorleiche zuständig?«

»Allerdings.« Ein stolzer Ausdruck huschte über das Gesicht des Mannes. »Ich bin Wachleiter der Polizeistation Moorhausen und bis auf Weiteres mit den Ermittlungen betraut.«

»Da haben Sie jetzt sicher jede Menge zu tun«, bemerkte Kim. »Schließlich wird nicht alle Tage eine Moorleiche gestohlen.«

»Das stimmt.« Heino Thiele nahm kurz seine Mütze ab und wischte sich über die Stirn. »Ich weiß gar nicht, wo mir der Kopf steht.«

»Das können wir gut verstehen«, sagte Marie. »Deshalb

möchten wir Ihnen unsere Hilfe anbieten. Wir sind Detektivinnen und haben jede Menge Erfahrung mit komplizierten Ermittlungen.« Sie reichte dem Polizisten die Visitenkarte des Clubs.

Während Heino Thiele den kurzen Text überflog, schnappte er überrascht nach Luft. »Also, das ist doch …«

Franzi winkte ab. »Wir helfen gern. Könnten Sie uns jetzt bitte den genauen Tathergang schildern?«

»Einen Teufel werde ich tun!« Das Gesicht des Polizisten lief tomatenrot an. »Was glaubt ihr eigentlich, wer ihr seid?«

»Wir sind Detektivinnen, das habe ich ja schon gesagt«, wiederholte Marie geduldig. »Wir sollten wirklich keine Zeit mehr verlieren. Schließlich wollen wir den Dieb möglichst schnell dingfest machen, oder?«

»Haltet euch gefälligst aus den Ermittlungen raus«, befahl Heino Thiele. »Das ist nichts für Kinder. Geht nach Hause und lasst mich in Ruhe meine Arbeit machen. Ich habe jetzt wirklich keine Zeit, um mich mit euren Detektivspielchen zu beschäftigen, klar?« Er ließ die drei !!! stehen und wandte sich wieder den Dorfbewohnern zu, die immer noch die Köpfe zusammensteckten und über die Hintergründe des Diebstahls spekulierten.

Kim schüttelte ungläubig den Kopf. »Das gibt's doch gar nicht! Was für ein unfreundlicher Kerl.«

»Der hat uns überhaupt nicht ernst genommen«, stellte Franzi wütend fest. »Von wegen ›Detektivspielchen‹! Vielleicht hätten wir ihm erzählen sollen, dass wir schon über fünfzig Fälle gelöst haben.«

»Das hätte vermutlich auch nichts genützt«, sagte Marie. »Solche Typen würden nie zugeben, dass sie Hilfe brauchen.«

»Wer nicht will, der hat schon«, sagte Kim. »Dann ermitteln wir eben auf eigene Faust.«

»Genau!« Franzi nickte eifrig. »Dem werden wir es zeigen.«

»Seht mal!« Marie deutete zur Eingangstür des Museums, in der gerade eine Frau mit dunklem Pagenschnitt erschien. Sie trug ein Seidentuch um den Hals, das von einer goldenen Brosche zusammengehalten wurde. »Ist das nicht die Museumsangestellte, die gestern unsere Karten abgerissen hat?«

»Richtig!« Kim setzte sich sofort in Bewegung. »Vielleicht kann sie uns mehr über den Tathergang erzählen.«

Marie sah sich nach Heino Thiele um, aber der Polizist diskutierte mit den Schaulustigen und achtete nicht auf die Detektivinnen.

»Guten Tag«, begrüßte Kim die Angestellte. »Wir haben gestern an einer Führung durch das Museum teilgenommen.«

»Ich erinnere mich.« Die Frau versuchte ein Lächeln, das allerdings etwas gequält ausfiel. »Ihr wart mit Evi Hambacher da, oder?«

»Genau«, sagte Marie. »Was für ein Glück, dass wir die Moorleiche noch zu Gesicht bekommen haben.« Sie warf einen schnellen Blick auf das Namensschild am Pullover der Angestellten. Sie hieß Rieke Meister. »Der Diebstahl war sicher ein Schock für Sie, oder, Frau Meister?«
»Allerdings.« Die Frau seufzte. Sie war sehr blass und ihre Hände zitterten leicht. »Ich glaube, ich stehe immer noch unter Schock. Deshalb wollte ich vor der Tür ein bisschen frische Luft schnappen. Dass so etwas in unserem friedlichen Dorf passieren kann! Einfach unglaublich …«
»Sollte die Moorleiche nicht heute zum Forschungszentrum abtransportiert werden?«, erkundigte sich Kim.
»Ja, das stimmt«, bestätigte Frau Meister. »Aber dazu ist es leider nicht mehr gekommen. Das ›Mädchen von Moorhausen‹ wurde heute ganz früh aus der Vitrine genommen und in einem der Lagerräume für den Abtransport fertig gemacht. So eine Moorleiche ist sehr empfindlich und muss fachgerecht verpackt werden, damit sie unterwegs keinen Schaden nimmt. Kurz bevor sie abgeholt werden sollte, ist sie aus dem Lagerraum verschwunden.«
»Gibt es denn keine Alarmanlage?«, fragte Franzi.
»Doch, natürlich, aber ich habe sie abgeschaltet, damit beim Öffnen der Vitrine kein Alarm losgeht.« Frau Meister zupfte nervös an ihrem Halstuch. »Das war natürlich mit dem Museumsleiter abgesprochen. So eine Entscheidung hätte ich niemals eigenmächtig getroffen. Wer hätte denn auch ahnen können, dass in der kurzen Zeit gleich ein Diebstahl geschieht?«
Die drei !!! wechselten einen Blick. Das war eine wichtige

Information. Woher hatten die Diebe gewusst, dass die Alarmanlage abgeschaltet werden würde?
»Wie genau ist die Moorleiche verschwunden?«, hakte Marie nach.
»Das weiß ich leider nicht.« Frau Meister zuckte bedauernd mit den Schultern. »Ich war ja nicht dabei, als es passierte. Da müsst ihr die beiden Angestellten fragen, die für das Verpacken der Leiche zuständig waren.«
Kim zückte ihr Detektivtagebuch für unterwegs, das sie stets bei sich trug, um alle wichtigen Fakten eines Falles zu notieren. »Würden Sie uns vielleicht die Namen verraten?«
»Heiko Lüftner und Kai Wiesolt.« Frau Meister runzelte die Stirn. »Wieso wollt ihr das eigentlich alles wissen?«
»Wir sind Detektivinnen und interessieren uns für den Fall.« Kim reichte der Frau ihre Visitenkarte. »Wenn Ihnen noch etwas einfällt, melden Sie sich gerne jederzeit bei uns.«
»Haben Sie vielleicht einen Verdacht, wer die Moorleiche gestohlen haben könnte?«, fragte Marie abschließend. »Unter den Dorfbewohnern geht ja das Gerücht um, das ›Mädchen von Moorhausen‹ sei wieder zum Leben erwacht und ins Moor zurückgekehrt.«
Frau Meister lachte auf. »Solche Spekulationen sind natürlich völliger Humbug, aber hier sind eben viele Menschen abergläubisch. Ich habe wirklich keine Ahnung, wer hinter dem Diebstahl stecken könnte. Außer vielleicht …« Sie zögerte.
»Ja?«, fragte Franzi. »Sie können ruhig offen mit uns reden, wir behandeln alle Informationen absolut vertraulich.«
»Ich will wirklich niemanden anschwärzen, aber …« Frau

Meister senkte die Stimme zu einem Flüstern. »Die Leute aus dem Nachbarort sind schon lange scharf auf unsere Moorleiche.«

»Tatsächlich?«, fragte Kim. »Warum denn?«

»Moorhausen und Düsterdorf waren einander noch nie grün. Schon früher haben sich die Orte Konkurrenz gemacht. Die Düsterdorfer haben versucht, den Moorhausenern die Künstler abzuwerben. Das hat aber nicht funktioniert. Während Moorhausen im vergangenen Jahrhundert eine berühmte Künstlerkolonie wurde, blieb Düsterdorf ein unbekannter Durchschnittsort.« Frau Meister spielte gedankenverloren mit ihrer Brosche. »Als vor einigen Jahren die Moorleiche gefunden wurde, flammte der Streit wieder auf. Es gab Unstimmigkeiten darüber, wem die Leiche gehört. Die Düsterdorfer haben sie für sich reklamiert, weil sie angeblich auf ihrem Grund und Boden entdeckt wurde, aber die Moorhausener haben schließlich recht bekommen.«

»Das muss ein harter Schlag für Düsterdorf gewesen sein«, bemerkte Marie.

»Allerdings«, bestätigte Frau Meister. »Seitdem ist das Verhältnis zu unseren Nachbarn noch frostiger.«

»Und Sie meinen, die Düsterdorfer könnten das ›Mädchen von Moorhausen‹ gestohlen haben, um sich zu rächen?«, fragte Kim.

»Das habe ich nicht gesagt.« Frau Meister hob abwehrend die Hände. »Wie gesagt, es liegt mir fern, jemanden zu beschuldigen. Aber es wäre immerhin eine Möglichkeit.«

»Vielen Dank für die Informationen.« Kim klappte das Detektivtagebuch zu. »Sie waren uns eine große Hilfe.«

Rieke Meister lächelte. Sie war jetzt nicht mehr ganz so blass. Offenbar hatte es ihr gutgetan, sich alles von der Seele zu reden. »Gern geschehen.«

Marie kontrollierte die Uhrzeit auf ihrem Smartphone. »Wir müssen los. Es ist höchste Zeit, in fünf Minuten beginnen die Kurse.«

Eilig machten sich die Detektivinnen auf den Weg ins Gemeindezentrum.

Interessante Gespräche

Nach dem Mittagessen beschlossen die drei !!!, die für heute geplante Führung durch das Dorf zu schwänzen, um die Ermittlungen fortzusetzen. Sie meldeten sich bei Evi Hambacher ab und kehrten zum Moormuseum zurück. Der Vorplatz war leer und an der Tür hing ein Schild mit der Aufschrift ›Wegen Diebstahls geschlossen‹. Zumindest war der Eingangsbereich inzwischen mit rot-weißem Flatterband abgesperrt.

»Wahrscheinlich musste sich Heino Thiele erst erkundigen, wie man einen Tatort sichert«, sagte Marie sarkastisch. Durch die Glastür konnten sie den Polizeihauptmeister sehen, der im Foyer des Museums mit einem Herrn in Jeans und Cord-Jackett sprach.

»Die Moorleiche wurde sicher nicht durch die Vordertür abtransportiert.« Kim sah sich um. »Lasst uns zur Rückseite des Gebäudes gehen. Vielleicht finden wir dort Spuren.«

Die drei !!! umrundeten das Museum, ohne jemandem zu begegnen. Hier gab es im Gegensatz zur Vorderseite keine Absperrungen. Der Hof und der Hintereingang des Gebäudes waren frei zugänglich.

»So eine Schlamperei!«, schimpfte Franzi. »Wie soll man denn hier noch verwertbare Spuren finden?«

Marie kniete sich neben die Hintertür und raffte ihren Mantel, damit er nicht schmutzig wurde. Sie war froh, dass sie ihre neuen geblümten Gummistiefel trug, denn der Boden war vom feuchten Wetter der letzten Tage aufgeweicht und

matschig. Sie entdeckte jede Menge Fußabdrücke. »Hier sind heute schon viele Leute ein und aus gegangen. Falls der Täter einen Fußabdruck hinterlassen hat, wurde er zerstört.«
»Wie ärgerlich.« Kim runzelte die Stirn.
Marie wollte gerade wieder aufstehen, da fiel ihr etwas auf. »Was ist das denn?« Sie zog ein kleines, rotes Taschenmesser aus dem schlammigen Boden und wischte den Schmutz ab. »Das muss jemand hier verloren haben.«
»Meinst du, es hat etwas mit dem Fall zu tun?« Franzi betrachtete interessiert den Fund in Maries Hand.
»Keine Ahnung.« Marie wickelte das Messer in ein Taschentuch. »Ich nehme es vorsichtshalber mit, für alle Fälle.« Sie erhob sich und steckte das Taschenmesser ein.
»Seht mal, hier!« Kim zeigte auf zwei parallele Reifenspuren, die vom Hintereingang des Museums quer über den Hof führten. »Sieht aus, als hätte jemand etwas Schweres mit einer Schub- oder einer Sackkarre abtransportiert.« Sie zückte ihr Handy und fotografierte die Spuren.
»Wir sollten uns drinnen auch noch umschauen«, schlug Franzi vor. »Ich würde gern den Lagerraum sehen, in dem die Moorleiche verpackt worden ist.« Probeweise drückte sie die Klinke der Hintertür herunter. Prompt sprang die Tür auf.
Marie schüttelte missbilligend den Kopf. »Wie leichtsinnig, hier nicht abzuschließen. Wenn das heute früh auch so war, hatten die Diebe leichtes Spiel.«
Leise schlüpften die Detektivinnen durch den Hintereingang ins Museum. Sie schlichen auf Zehenspitzen durch einen schmalen Flur, in dem Regale mit Aktenordnern, Büchern

und Papieren standen. Rechts ging eine Tür ab, auf der in verschnörkelten Buchstaben ›Stilles Örtchen‹ stand. Eine weitere Tür auf der linken Seite führte in eine winzige Kammer, die mit Putzutensilien vollgestopft war.

»Hier muss es sein«, flüsterte Marie, während sie eine Stahltür mit der Aufschrift ›LAGER‹ am Ende des Flurs aufstieß.

Der Raum war leer und die drei !!! gingen schnell hinein.

Das Lager war ziemlich groß. In Stahlregalen an den Wänden standen Kisten, Kartons und große Gläser mit Exponaten, die in der aktuellen Ausstellung keinen Platz gefunden hatten. In der Mitte des Raumes befand sich ein langer Arbeitstisch.

»Ob die Moorleiche hier verpackt wurde?«, überlegte Franzi laut.

»Vermutlich.« Kim ging in die Hocke, um auf dem Boden nach Spuren zu suchen. »Hier ist nichts«, stellte sie enttäuscht fest.

»Die Diebe müssen sich gut ausgekannt haben«, sagte Marie. »Sie wussten offenbar ganz genau, wie sie ins Museum kommen und wo sie die Moorleiche finden.«

Kim erhob sich. »Lasst uns verschwinden, ehe noch jemand auftaucht. Hier können wir nichts mehr tun.« Sie schoss schnell noch ein paar Fotos vom Lagerraum und wandte sich zum Gehen. Plötzlich erstarrte sie mitten in der Bewegung. »Was ist das? Hört ihr das auch?«

Marie lauschte. Tatsächlich! Auf dem Flur erklangen Schritte, die sich rasch näherten. »Da kommt jemand, nichts wie weg! Wenn wir hier erwischt werden, kriegen wir garantiert einen Riesenärger.«

Aber es war zu spät. Die Schritte waren schon so nah, dass den drei !!! der Fluchtweg durch den Flur abgeschnitten war. Marie sah sich panisch nach einem anderen Ausgang um. Doch es gab nur zwei schmale Fenster, viel zu weit oben.

»Hier hinein!« Franzi hatte eine Tür entdeckt, die sich etwas versteckt zwischen zwei Regalen befand. Dahinter lag eine winzige Kammer mit Verpackungsmaterial. Im letzten Moment schlüpften die drei !!! hinein. Die Tür ließen sie angelehnt, damit sie durch den Spalt beobachten konnten, was im Lagerraum vor sich ging.

Kaum waren die Detektivinnen in ihrem Versteck verschwunden, schwang die schwere Stahltür auf und vier Männer betraten das Lager. Es waren Heino Thiele, der Herr in Jeans und Cord-Jackett, mit dem sich der Polizist vorhin im Foyer unterhalten hatte, und zwei Männer, die die Detektivinnen noch nie gesehen hatten.

»Da wären wir.« Der Mann in Jeans blieb neben dem Arbeitstisch stehen. »Aus diesem Raum ist die Moorleiche verschwunden.«

»Habe ich das richtig verstanden?«, fragte Heino Thiele. »Sie als Museumsdirektor haben also Ihren Mitarbeitern Heiko Lüftner und Kai Wiesolt den Auftrag erteilt, die Moorleiche aus der Vitrine zu nehmen und hier für den Abtransport vorzubereiten.« Er nickte zu den beiden Männern hinüber, die in der Nähe der Tür stehen geblieben waren. Sie trugen blaue Arbeitshosen und schwere Schuhe. Der eine hatte einen blonden Kurzhaarschnitt, während sein Kollege seine schulterlangen, dunkelbraunen Haare zu einem Pferdeschwanz gebunden trug.

»Genau so war es«, bestätigte der Museumsdirektor.
»Wie lange haben Sie für das Verpacken gebraucht, Herr Lüftner?«, fragte der Polizist weiter.
Der Mann mit dem Pferdeschwanz kratzte sich am Kopf. »Keine Ahnung. Eine Dreiviertelstunde vielleicht. Wir haben sie auf dem Brett, auf dem sie lag, aus der Vitrine genommen und mitsamt Unterboden in einer Holzkiste verschraubt, die extra für den Transport angefertigt wurde.«
»Und was geschah dann?«, wollte Heino Thiele wissen.
»Wir haben auf dem Hof eine kurze Zigarettenpause gemacht«, antwortete Kai Wiesolt, der Mann mit dem blonden Kurzhaarschnitt. »Wir mussten ja auf die Transportfirma warten.«
»Wie lange waren Sie im Hof?«, fragte der Polizist.
Kai Wiesolt und Heiko Lüftner wechselten einen unsicheren Blick.
»Fünf Minuten vielleicht«, sagte Heiko Lüftner schließlich. »Höchstens zehn. Dann kam Rieke und hat uns geholt, weil die Männer von der Transportfirma eingetroffen waren.«
»Wir haben uns im Foyer kurz unterhalten und sind anschließend gemeinsam mit den beiden Männern in den Lagerraum zurückkehrt«, fuhr Kai Wiesolt fort.
»Und dort mussten Sie feststellen, dass die Kiste mit der Moorleiche verschwunden war«, ergänzte Heino Thiele.
Die beiden Angestellten nickten betroffen. »Das war ein ganz schöner Schock«, sagte Heiko Lüftner.
»Wenn ich mich nicht verrechnet habe, war die Transportkiste also zehn bis fünfzehn Minuten unbewacht«, stellte der Polizist fest. »Vermutlich wurde sie durch den Hinteraus-

gang fortgeschafft, während Sie sich im Foyer aufhielten. Können Sie sich daran erinnern, ob Sie die Hintertür nach Ihrer Zigarettenpause wieder abgeschlossen haben?«

Erneut machten die Männer ratlose Gesichter.

»Keine Ahnung …«, murmelte Kai Wiesolt.

Heiko Lüftner runzelte die Stirn, während er angestrengt nachdachte. »Ich glaube nicht.«

Marie, die die ganze Zeit konzentriert gelauscht hatte, unterdrückte ein Stöhnen. Unglaublich, wie unvorsichtig die Museumsangestellten gehandelt hatten. Am liebsten wäre sie aus ihrem Versteck gestürmt und hätte ihnen ordentlich die Meinung gesagt. Doch stattdessen musste sie sich ruhig verhalten, was ihr zunehmend schwerer fiel. Die Detektivinnen standen so dicht gedrängt, dass sie sich kaum bewegen konnten. Maries rechter Fuß war eingeschlafen und kribbelte unangenehm. Außerdem kitzelte die staubige Luft in ihrer Nase. Marie versuchte, durch den Mund zu atmen, was die Sache jedoch auch nicht besser machte. Nach kurzer Zeit war ihre Kehle so trocken, dass sie einen starken Hustenreiz verspürte. Zum Glück schienen die Männer ihre Unterhaltung gerade zu beenden.

»Ich denke, das war's erst mal«, verkündete Heino Thiele. »Halten Sie sich bitte für weitere Fragen zur Verfügung.«

»Natürlich.« Der Museumsdirektor nickte. »Haben Sie denn schon eine Vermutung, wer hinter dem Diebstahl stecken könnte? Uns ist natürlich sehr daran gelegen, das ›Mädchen von Moorhausen‹ so schnell wie möglich zurückzubekommen. Schließlich ist sie ein echter Publikumsmagnet.«

»Über laufende Ermittlungen kann ich leider keine Auskunft

erteilen«, sagte Heino Thiele in wichtigtuerischem Tonfall. »Aber glauben Sie mir, die Polizei tut alles in ihrer Macht Stehende, um dieses Verbrechen aufzuklären.«

Franzi unterdrückte ein Kichern. Wenn Marie nicht so damit beschäftigt gewesen wäre, weder zu husten noch zu niesen, hätte sie sich bestimmt auch zurückhalten müssen, um nicht loszuprusten. Der Dorfpolizist schien seine Rolle als Ermittler richtig zu genießen. Wahrscheinlich war das Aufregendste, was sonst in Moorhausen passierte, ein Fahrraddiebstahl oder eine Schlägerei in der Dorfkneipe. Kein Wunder, dass er sich jetzt aufführte wie einer dieser Super-Kommissare aus dem Fernsehen.

Die Männer verließen den Lagerraum und schlossen die Tür hinter sich. Keine Sekunde zu früh.

»Hatschi, hatschi, hatschi!«

Marie hatte den Kampf gegen das Kribbeln in ihrer Nase verloren. Das Niesen war wie eine Befreiung.

»Raus hier, aber schnell!« Kim stieß die Tür der Kammer auf und die Detektivinnen stolperten zurück ins Lager. »Igitt, du hast mir direkt in den Nacken geniest.« Kim warf Marie einen vorwurfsvollen Blick zu.

»Tut mir leid, es ging nicht anders.« Marie zog ein Taschentuch hervor und putzte sich gründlich die Nase.

»Mann, das war ganz schön eng.« Franzi zupfte sich ein paar Staubflusen aus den roten Haaren. »Und ziemlich staubig. Dort müsste dringend mal wieder geputzt werden.«

»Du kannst Rieke Meister ja einen anonymen Tipp geben.« Kim grinste. »Aber vorher sollten wir uns in Sicherheit bringen, bevor wir doch noch entdeckt werden.«

Die drei !!! verließen das Museum durch den Hintereingang, ohne jemandem zu begegnen. Auf dem Hof blieben sie stehen, um kurz durchzuatmen.
»Endlich wieder frische Luft, herrlich!« Marie knöpfte ihren Mantel zu.
»Wir haben riesiges Glück gehabt«, sagte Kim ernst. »Die Aktion hätte auch schiefgehen können. Wenn Heino Thiele uns im Lagerraum erwischt hätte, wäre er garantiert alles andere als begeistert gewesen.«
»Er hat uns aber nicht erwischt.« Franzi zog sich ihre Mütze über die roten Zöpfe. »Und wir haben jede Menge neue Details erfahren.«
»Unglaublich, dass die Museumsmitarbeiter die Hintertür nach ihrer Zigarettenpause nicht wieder abgeschlossen haben«, schimpfte Marie. »Gibt es hier denn keine Sicherheitsvorschriften?«
»Das habe ich mich auch schon gefragt«, sagte Kim. »Offenbar geht es in so einem kleinen Dorfmuseum ganz anders zu als in den großen Museen in der Stadt, die alle strenge Sicherheitsbestimmungen und ein ausgeklügeltes Alarmsystem haben.«
»Was für die Diebe natürlich ein Glück war.« Franzi fröstelte. »Lasst uns zurück in die Pension gehen. Es gibt bald Abendessen und danach können wir ja eine Lagebesprechung abhalten.«
»Gute Idee.« Marie freute sich nach diesem anstrengenden Tag auf eine heiße Massagedusche und eine kleine Wellnesseinheit mit ihrem Lieblings-Massageöl und einer duftenden Gesichtsmaske.

Als die Detektivinnen den Hof überquerten, bog Kalle gerade mit gesenktem Kopf und in den Jackentaschen vergrabenen Händen um die Ecke. Er wirkte nicht allzu erfreut darüber, die drei !!! zu sehen.

»Was macht ihr denn hier?«

»Dasselbe könnten wir dich fragen«, gab Franzi zurück.

Kalle zuckte mit den Schultern. »Bin auf dem Weg nach Hause.«

»Wir auch.« Marie lächelte. »Dann können wir ja zusammen gehen.«

»Klar.« Kalle zögerte kurz, bevor er sich ebenfalls ein Lächeln abrang. »Coole Stiefel.« Er deutete auf Maries geblümte Gummistiefel.

»Danke.« Marie musterte Kalle prüfend. Einen Moment fragte sie sich, ob er ihnen die Wahrheit gesagt hatte. War er wirklich auf dem Heimweg gewesen? Oder hatte er etwas ganz anderes vorgehabt? Und wenn ja, was?

Doch während Marie neben Kalle zurück zur Pension ging, lösten sich ihre Zweifel wie Nebel in der Sonne auf. Alles, was in diesem Moment zählte, waren Kalles Lächeln und der warme Blick aus seinen grauen Augen.

Kreuzverhör in der Küche

Die drei !!! beschlossen, die abendliche Lagebesprechung ins Kaminzimmer zu verlegen. Marie war nach dem Essen noch schnell unter die Dusche gesprungen und hatte sich von den heißen Wasserstrahlen massieren lassen. Sie hatte sich sogar Zeit für eine Gesichtsmaske genommen und während der Einwirkzeit duftendes Orangenöl auf ihre Haut aufgetragen. Beschwingt lief sie danach die Treppe hinunter ins Erdgeschoss.

Franzi und Kim saßen bereits am großen Tisch im hinteren Teil des Kaminzimmers. Die Sessel vor dem gemütlich prasselnden Feuer waren leider von einem älteren Ehepaar besetzt, das sich angeregt über eine Ausstellung im örtlichen Kunstmuseum unterhielt.

»Marie Grevenbroich kommt mal wieder zu spät«, stellte Franzi leicht angesäuert fest. »Typisch!«

»Tut mir leid.« Marie schenkte ihren Freundinnen ein entwaffnendes Lächeln. Besonders Franzi reagierte manchmal etwas empfindlich auf ihre tendenzielle Unpünktlichkeit. Sie verstand einfach nicht, dass Zeit etwas Relatives war und man sich nicht zum Sklaven der Uhr machen durfte. »Dafür habe ich euch etwas mitgebracht.« Marie zauberte eine Tafel Vollmilch-Nuss-Schokolade hervor, die Tessa vor ihrer Abreise heimlich in den Koffer geschmuggelt hatte. Marie hatte die Schokolade erst beim Auspacken entdeckt und sich wahnsinnig über diese kleine Geste gefreut.

»Lecker!« Kims Augen leuchteten auf. Mit Süßigkeiten konn-

te man ihr immer eine Freude machen und Schokolade liebte sie über alles.
»Das ist sehr nett von dir, danke.« Auch Franzi schien wieder einigermaßen versöhnt. »Dann können wir ja loslegen.«
»Von mir aus gerne.« Marie riss das Schokoladenpapier auf, zerteilte die Tafel in mundgerechte Stücke und schob sie ihren Freundinnen hin.
Währenddessen blätterte Kim das Detektivtagebuch durch und überflog ihre Notizen. »Wir sollten zusammentragen, was wir herausgefunden haben und welche Schlüsse wir daraus ziehen können.«
»Okay.« Franzi schob sich ein Stück Schokolade in den Mund. »Die Moorleiche wurde heute früh aus dem Museum gestohlen, nachdem sie für den Abtransport zum Forschungszentrum verpackt worden war.«
»Der Diebstahl muss innerhalb eines Zeitfensters von zehn bis fünfzehn Minuten stattgefunden haben«, fuhr Marie fort. »So lange stand die Kiste mit der Moorleiche unbewacht im Lagerraum.«
»Der oder die Täter sind sehr wahrscheinlich durch die nicht abgeschlossene Hintertür ins Museum eingedrungen, haben sich die Kiste geschnappt und sie mit einer Schub- oder Sackkarre über den Hof gerollt. Wohin, ist leider noch unklar.« Kim zog ihr Handy hervor und ging die Fotos durch, die sie gemacht hatte. »Wahrscheinlich waren die Diebe zu zweit, da die Holzkiste bestimmt ziemlich schwer ist und einer allein sie kaum tragen kann.« Sie griff nach einem großen Stück Schokolade, steckte es sich in den Mund und ließ es sich auf der Zunge zergehen.

»Was wissen wir noch über die Täter?«, fragte Franzi.
»Sie müssen das Museum gut kennen«, sagte Marie. »Vermutlich wussten sie, dass die Hintertür oft nicht abgeschlossen wird. Sie müssen auch gewusst haben, wann genau die Moorleiche abtransportiert werden sollte.«
Kim machte ein nachdenkliches Gesicht. »Könnte es jemand sein, der im Museum arbeitet? Oder Kontakte zu einem Museumsangestellten hat?«
Franzi nickte langsam. »Gut möglich. Wir sollten versuchen, an eine Liste der Mitarbeiter zu kommen.«
»Und wenn es doch jemand aus dem Nachbarort war?«, fragte Marie. »Sollen wir das ganze Dorf überprüfen? Das ist doch völlig unmöglich!«
»Das stimmt.« Kim klopfte mit ihrem Kugelschreiber auf das Detektivtagebuch. »Trotzdem sollten wir allen Spuren nachgehen.«
Marie zog das Taschenmesser hervor, das sie nachmittags im Hof des Museums gefunden hatte, und drehte es gedankenverloren hin und her. Es erinnerte sie an irgendetwas, aber ihr fiel nicht ein, woran.
»Zeig mal her.« Franzi griff nach dem Messer und betrachtete es von allen Seiten. »Hier ist etwas eingraviert!« Sie hielt das Messer Kim und Marie hin.
Marie zog die kleine Tischlampe näher heran. »Tatsächlich! Das ist mir noch gar nicht aufgefallen.«
»Die Gravur ist ja auch ziemlich verblasst«, stellte Kim fest. »Sie muss schon älter sein.«
»*K. F.*«, las Franzi vor. »Außerdem sind da noch ein paar Zahlen: *28.05.2008*.«

»Könnte ein Datum sein«, sagte Marie. »28. Mai 2008. Vielleicht ein Jahrestag?«
Kim zuckte mit den Schultern. »Steht noch mehr drauf?«
Franzi beugte sich über das Messer. »Ich glaube nicht.«
»Warte, ich hab eine Lupe dabei.« Marie wühlte in ihrer Tasche. Doch statt der gesuchten Lupe fiel ihr etwas anderes in die Hand: die kleine Holzeule, die Kalle ihr geschenkt hatte. Plötzlich fügten sich die Puzzleteile zusammen und sie wusste, wo sie das Messer schon einmal gesehen hatte. Sie sprang auf. »Ich hab's!«, rief sie so laut, dass das Ehepaar vor dem Kamin zusammenzuckte und missbilligende Blicke zu den drei !!! hinüberwarf. Aber Marie kümmerte sich nicht darum. »Kommt mit!« Ohne auf die verdutzten Blicke ihrer Freundinnen zu achten, riss sie Franzi das Taschenmesser aus der Hand und stürmte aus dem Kaminzimmer.
Während Marie den Flur entlangeilte, fuhren die Gedanken in ihrem Kopf Karussell. Das durfte einfach nicht wahr sein! Lag sie vielleicht doch falsch mit ihrem Verdacht? Nein, die Zusammenhänge waren eindeutig. Wie von unsichtbaren Fäden wurde Marie in Richtung Küche gezogen. Gleichzeitig wäre sie am liebsten in ihr Zimmer gerannt und hätte Kim und Franzi die weiteren Ermittlungen überlassen. Aber das ging natürlich nicht. Ihre Gefühle mussten hinter der Detektivarbeit zurückstehen. Alles andere wäre unprofessionell.
Marie hielt kurz inne, bevor sie die Pensionsküche betrat, und versuchte, sich zu sammeln.
»Verrätst du uns jetzt bitte, was los ist?«, fragte Franzi, die gemeinsam mit Kim hinter Marie auftauchte.

»Das werdet ihr gleich sehen.« Marie umklammerte das Taschenmesser so fest, dass ihre Fingerknöchel weiß hervortraten. Sie ignorierte ihren galoppierenden Herzschlag und stieß die Tür auf.

Wie sie vermutet hatte, saß Kalle auf der Küchenbank und schnitzte mit einem Küchenmesser an einer neuen Holzfigur. Es schien ein kleiner Vogel zu werden. Doch Kalle war offenbar nicht besonders zufrieden mit seiner Arbeit. Auf seiner Stirn lag eine tiefe Falte und er schimpfte leise vor sich hin.

»Brauchst du vielleicht das hier?«, fragte Marie in zuckersüßem Ton und hielt ihm das rote Taschenmesser hin.

Kalles Miene hellte sich auf. »Woher hast du das? Mein Taschenmesser hab ich schon überall gesucht. Danke!«

Marie warf Kim und Franzi einen schnellen Blick zu. Die beiden nickten unmerklich. Sie hatten blitzschnell kombiniert. Nur Kalle war noch nicht klar, dass er sich soeben in große Schwierigkeiten gebracht hatte.

»Das Messer hast du auch am Samstagabend im Kaminzimmer zum Schnitzen benutzt, als wir uns zum ersten Mal begegnet sind«, sagte Marie. »Hübsche Gravur. *K. F.* steht für Kalle Frehlert, oder?«

Kalle nickte.

»Und was bedeutet das Datum?«, erkundigte sich Franzi.

»Der 28. Mai 2008 war mein 9. Geburtstag.« Kalle fuhr lächelnd mit dem Daumen über die Zahlen. »An diesem Tag hat meine Oma mir das Taschenmesser geschenkt. Seitdem trage ich es immer bei mir und benutze es täglich zum Schnitzen. Mein Großvater und mein Urgroßvater waren

Bildhauer, aber sie haben nicht nur mit Stein, sondern auch mit Holz gearbeitet. Ich will später auch Künstler werden und die Familientradition fortsetzen.«

»Das ist ein schönes Ziel.« Maries Stimme wurde weich. Ihre Wut und ihr Misstrauen traten in den Hintergrund. Stattdessen wurde sie von einer Woge der Zuneigung erfasst. Sie konnte den neunjährigen Kalle förmlich vor sich sehen, wie er stolz das funkelnagelneue rote Taschenmesser mit der persönlichen Gravur in der Hand wog und sich strahlend bei seiner Großmutter bedankte.

»Ich schnitze jeden Tag«, erzählte Kalle weiter. »Mein Großvater hat immer gesagt ›Übung macht den Meister‹. Ich will auch mal so gut werden wie er. Er hat zum Beispiel dieses Relief dort drüben geschnitzt.« Kalle zeigte auf die Wand über dem Küchentisch, an der ein großes, kunstvoll geschnitztes Relief aus dunklem Holz hing, das den Eichenhof darstellte.

Marie nickte. »Es ist wunderschön.« Kalles Begeisterung für die Werke seines Großvaters rührte sie. Seine grauen Augen leuchteten wie glänzende Kieselsteine, wenn er über das Schnitzen sprach. Sie konnte sich gut vorstellen, dass er später ein berühmter Holzschnitzer wurde und die Leute von weither kamen, um den Eichenhof zu besuchen und seine Skulpturen zu bewundern. Wahrscheinlich würde er sich dann nicht mehr an Marie erinnern. Aber sie hätte immer noch die kleine Holzeule, die er ihr geschenkt hatte. Sie würde nach Kalles Durchbruch viel Geld wert sein, aber Marie würde sie natürlich niemals verkaufen, sondern als Andenken an ihre Freundschaft aufbewahren …

»Vielleicht interessiert es dich, wo wir das Messer gefunden haben.« Franzis Stimme durchschnitt Maries Tagtraum und sie kehrte unsanft in die Gegenwart zurück. Fast hätte sie vergessen, dass sie hier war, um Kalle zur Rede zu stellen. Wie peinlich! Gut, dass wenigstens Franzi und Kim einen klaren Kopf behielten.

»Klar.« Kalles Blick flackerte unsicher. »Wo denn?«

»Auf dem Hof des Museums.« Kim ließ Kalle nicht aus den Augen. »Direkt vor der Hintertür.«

»Tatsächlich?« Kalle zwinkerte nervös.

»Tatsächlich!«, sagte Franzi. »Weißt du, wie es dorthin gekommen sein könnte?«

Kalle schüttelte den Kopf. »Keine Ahnung.«

»Dann helfen wir deinem Gedächtnis ein bisschen auf die Sprünge.« Kims Stimme klang ruhig, aber bestimmt. »Du hast das Messer dort verloren. Die Frage ist nur, was du am Hintereingang des Museums zu suchen hattest.«

»Ist es dir vielleicht aus der Tasche gefallen, als du heute früh die Moorleiche gestohlen hast?«, fragte Franzi. »Darum warst du vorhin auch beim Museum. Du wolltest dein Messer suchen, damit es nicht als Beweismittel gegen dich verwendet werden kann.«

»Das … das ist doch totaler Unsinn!« Kalle sah Hilfe suchend zu Marie, doch sie schaute weg. Sie konnte ihm nicht helfen. Die Anschuldigungen schnitten ihr ins Herz, aber die Beweislage sprach eindeutig gegen Kalle. Leider. Trotzdem startete er einen Erklärungsversuch. »Vielleicht hat mir jemand das Messer gestohlen und es dann hinter dem Museum verloren.«

Franzi schnaubte empört. »Das glaubst du doch selbst nicht! Hör auf, uns für dumm zu verkaufen.«
»Ich habe mit dem Diebstahl der Moorleiche nichts zu tun«, beteuerte Kalle.
»Du solltest uns lieber die Wahrheit sagen«, riet Kim eindringlich. »Wir finden sie sowieso heraus. Wenn du uns jetzt hilfst, können wir bei der Polizei ein gutes Wort für dich einlegen.«
Bei dem Wort ›Polizei‹ wurde Kalle blass.
»Sollte herauskommen, dass du die Moorleiche geklaut hast, wirst du jede Menge Ärger kriegen«, sagte Franzi. »Das ist kein harmloser Streich, sondern eine Straftat. Deine Mutter würde das bestimmt nicht witzig finden.«
»Ich … also …« Kalle zögerte. Wollte er ein Geständnis ablegen?
In diesem Moment öffnete sich die Tür und Oma Hannelore erschien in der Küche. »Lasst Kalle in Ruhe!«, herrschte sie die drei !!! an. »Er hat nichts getan.« Schützend stellte sie sich vor ihren Enkel.
Kalle schwieg verunsichert. Was auch immer er ihnen hatte anvertrauen wollen, jetzt würde er es nicht mehr tun.
»Leider sprechen die Indizien gegen Ihren Enkel«, sagte Kim. »Wir verdächtigen ihn, die Moorleiche gestohlen zu haben. Und Kalle konnte den Verdacht bisher nicht ausräumen.«
»Aber ich kann es.« Oma Hannelore funkelte die Detektivinnen ärgerlich an. »Kalle ist kein Dieb. Er war heute früh die ganze Zeit bei mir in der Küche. Wir haben gemeinsam das Frühstück für die Gäste vorbereitet.«
Kalle rutschte unruhig auf der Küchenbank hin und her.

Oma Hannelore legte ihm beruhigend die Hand auf die Schulter.
Marie sog scharf die Luft ein. Diese Aussage änderte alles. Wenn Oma Hannelore die Wahrheit sagte, hatte Kalle ein Alibi und kam als Täter nicht mehr infrage.
»Stimmt das, Kalle?«, fragte Franzi.
Kalle nickte mit gesenktem Kopf. »Ja, ich war den ganzen Morgen in der Küche.«
»Warum hast du das nicht gleich gesagt?«, wollte Kim wissen. »Das hätte dich doch entlastet.«
Kalle zuckte mit den Schultern. »Hab nicht dran gedacht.« Er hob den Kopf und sah Kim trotzig an. »Außerdem habt ihr mich nicht danach gefragt.«
»Es gibt eine Menge Leute, die Interesse an der Moorleiche haben«, behauptete Oma Hannelore. »Aber Kalle gehört ganz sicher nicht dazu.«
Marie räusperte sich. Höchste Zeit, sich mal wieder in die Ermittlungen einzuschalten. »Meinen Sie die Bewohner des Nachbarortes?«
Oma Hannelore nickte. »Die auch. Aber ich hatte eher an unseren lieben Nachbarn gedacht.«
»Welchen Nachbarn meinen Sie?«, hakte Kim nach.
»Bert Brockhausen, unseren selbst ernannten Wunderheiler.« Die alten Frau verzog spöttisch die Lippen. Es war mehr als deutlich, dass sie nicht viel von ihrem Nachbarn hielt.
»Warum sollte er die Moorleiche stehlen?«, fragte Marie.
Doch statt zu antworten, schüttelte Oma Hannelore nur unwirsch den Kopf. »Mehr will ich dazu nicht sagen. Es wird schon genug Klatsch und Tratsch im Dorf verbreitet. Das

Wichtigste ist, dass ihr Kalle nicht mehr verdächtigt. Und jetzt sollten wir alle ins Bett gehen. Es ist schon spät und morgen ist auch noch ein Tag.«
In diesem Punkt musste Marie der alten Frau recht geben. Erst jetzt spürte sie so richtig, wie müde sie war. Sie unterdrückte ein Gähnen. Die drei !!! verabschiedeten sich und zogen sich in ihr Zimmer zurück.
Franzi ließ sich auf ihr Bett fallen und kickte die Turnschuhe von ihren Füßen. »Was für ein Tag! Morgens geschieht ein mysteriöser Diebstahl, abends haben wir eine erste heiße Spur, die sich kurze Zeit später leider als Sackgasse entpuppt, und jetzt müssen wir noch einmal ganz von vorne anfangen.«
Kim schlüpfte aus ihren Klamotten und legte sie ordentlich über einen Stuhl, bevor sie ihren Schlafanzug anzog. »Schade, dass Oma Hannelore genau im falschen Moment aufgetaucht ist. Ich hatte den Eindruck, Kalle wollte uns gerade etwas Wichtiges sagen.«
»Auf jeden Fall hat er ein Alibi und scheidet damit als Verdächtiger aus«, stellte Marie fest. »Davon abgesehen hat er überhaupt kein Motiv. Was soll Kalle mit einer Moorleiche?«
»Das stimmt. Trotzdem …« Kim knabberte nachdenklich an ihrer Unterlippe.
»Glaubst du etwa, Oma Hannelore hat uns angelogen?«, fragte Franzi.
»Nein, eigentlich nicht«, antwortete Kim. »Warum sollte sie so etwas tun? Aber irgendetwas kommt mir komisch vor.«
»Alibi ist Alibi und damit basta«, sagte Marie etwas heftiger als beabsichtigt. »Wir sollten uns jetzt lieber auf andere Spuren konzentrieren.«

Franzi grinste. »Kann es sein, dass dir Kalles Alibi ausgesprochen gelegen kommt?«
»Wieso?« Marie setzte eine unschuldige Miene auf.
»Weil du Kalle höchst ungern als Täter entlarvt hättest«, antwortete Franzi. »Stattdessen bewunderst du lieber seine Holzfiguren und schaust ihm tief in seine grauen Augen, die zugegebenermaßen ziemlich süß sind.«
»Finger weg von Kalle!« Marie tat so, als würde sie Franzi mit der Faust drohen. »Er ist *mein* Ferienflirt. Versuch du lieber, bei all deinen Verehrern nicht den Überblick zu verlieren.«
Franzi winkte ab. »Keine Sorge, ich mach dir keine Konkurrenz. Außerdem ist Kalle überhaupt nicht mein Typ. Dabei fällt mir ein, dass ich dringend noch eine SMS schreiben muss.« Sie zückte ihr Handy und begann eifrig zu tippen.
»Lass mich raten – eine Nachricht an Blake?«, erkundigte sich Kim.
»Das geht dich gar nichts an«, gab Franzi zurück, aber der rosafarbene Schimmer auf ihren Wangen verriet ihren Freundinnen, dass Kim ins Schwarze getroffen hatte.

Vorsicht, Hühneraugen!

»Sehr schön, Marie!«, lobte Claire Milsbach. »Aber das Papier sollte nicht zu nass werden, sonst nimmt es keine Farbe mehr auf.«
Während die Künstlerin weiterging, betrachtete Marie ihr Aquarell. Sie hatte es mit zarten Farben in Nass-in-Nass-Technik angelegt, bei der mit fließender Aquarellfarbe auf feuchtes Papier gemalt wird, und versucht, die Stimmung über dem Moor am frühen Morgen einzufangen. Das Blau des Himmels vermischte sich mit dem Orange der aufgehenden Sonne, was einen hübschen Effekt ergab.
Eigentlich machte Marie das Malen großen Spaß, aber heute konnte sie sich nicht konzentrieren. Die Ermittlungen im Moorleichen-Fall und das gestrige Gespräch mit Kalle gingen ihr einfach nicht aus dem Kopf. Auch wenn sie wahnsinnig erleichtert war, dass Kalle ein Alibi hatte, musste sie Kim insgeheim recht geben. Irgendetwas war komisch an der Sache. Außerdem gab es immer noch einige Ungereimtheiten wegen des Taschenmessers, die sie noch nicht ausräumen konnten. Wie war es in den Hof des Museums gelangt? Dass es Kalle tatsächlich gestohlen worden war und der Dieb es dort verloren hatte, fand Marie nicht besonders wahrscheinlich. Wer stahl schon ein altes Taschenmesser?
Vermutlich war es wirklich das Beste, sich nicht in unlösbare Detailfragen zu verrennen, sondern einer neuen Spur nachzugehen. Ob an Oma Hannelores Verdacht gegen ihren Nachbarn etwas dran war? Oder mochte sie ihn einfach

nicht und traute ihm deshalb den Diebstahl zu? Im Übrigen stellte sich auch hier die Frage nach dem Motiv: Warum sollte ein sogenannter Wunderheiler eine Moorleiche stehlen?

»Das ist schon gar nicht schlecht.« Claire Milsbach war hinter Franzi getreten und warf einen Blick über ihre Schulter. »Versuch, noch etwas mehr Seele in dein Bild zu legen.«

Franzi seufzte. »Ganz ehrlich, ich habe keine Ahnung, wie das funktionieren soll.«

Sie hatte es zunächst auch mit Aquarellfarben versucht, war aber zu ungeduldig gewesen und hatte zu schnell zu viele Farben aufgetragen, sodass ein seltsamer Braunton entstanden war. Deshalb probierte sie es heute mit Zeichnen. Vor ihr auf dem Tisch stand eine Vase mit buntem Herbstlaub, das sie mit einem weichen Bleistift abzeichnete.

»Du musst ein Gefühl für dein Objekt entwickeln und dieses Gefühl auf dein Bild übertragen«, riet Claire Milsbach, bevor sie zum nächsten Tisch ging.

Franzi verdrehte hinter dem Rücken der Künstlerin die Augen und raunte Marie zu: »Wie soll ich denn ein Gefühl für vertrocknete Blätter entwickeln? Das ist doch total verrückt!«

Marie kicherte. Franzi konnte mit Claires emotionaler Art immer noch nichts anfangen. Sie war eben eher der handfeste Typ. »Zeichne doch ein Porträt von Blake«, schlug sie vor. »Dabei fällt es dir bestimmt nicht schwer, Gefühle zu entwickeln.«

Franzi zwickte Marie in die Seite. Marie quiekte auf und ließ ihren Pinsel fallen. Er kullerte Claire Milsbach direkt vor die Füße.

»Alles in Ordnung bei euch?«, fragte die Künstlerin mit hochgezogenen Augenbrauen.
Marie nickte schnell. »Alles bestens, danke.«
Claire verzog ihre rubinrot geschminkten Lippen zu einem breiten Lächeln. »Wie schön, dass ihr so viel Spaß bei der Arbeit habt. Das ist das Wichtigste: Kreativität soll Spaß machen und die Seele von den Zwängen des Alltags befreien. Genießt das Wunder der Kreativität!«
Franzi prustete hinter vorgehaltener Hand los. Marie hob ihren Pinsel auf. Beim Stichwort ›Wunder‹ fiel ihr wieder der Wunderheiler ein.
»Kennen Sie eigentlich Bert Brockhausen?«, fragte Marie die Kursleiterin, einer spontanen Eingebung folgend. »Sie wohnen doch auch hier im Dorf, oder?«
»Natürlich kenne ich Bert!« Claire strahlte über das ganze Gesicht. »Er ist ein hervorragender Heiler.«
»Was heilt er denn so?«, wollte Franzi wissen.
»Alles!« Claire lachte. »Er hat bei mir schon drei Warzen besprochen und jedes Mal waren sie kurze Zeit später verschwunden. Außerdem stellt er Salben und Tinkturen aus Waldkräutern und anderen Pflanzen her. Sie helfen gegen alle möglichen Krankheiten und Wehwehchen. Er betreibt auch Hypnose und Klangtherapie.«
»Hört sich toll an«, sagte Marie.
»Das ist es auch«, bestätigte Claire. »Viele Dorfbewohner schwören auf seine Fähigkeiten und lassen nicht nur Warzen, sondern auch Rückenbeschwerden, Migräne, Schlaflosigkeit, Haarausfall und ungewollte Kinderlosigkeit von ihm behandeln.«

Eine andere Kursteilnehmerin rief nach Claire und die Künstlerin wandte sich ab, um dem Mädchen zu helfen.
»Das ist doch alles Humbug, oder?«, fragte Franzi leise. »Dieser Bert Brockhausen scheint ein echter Scharlatan zu sein.«
Marie war sich da nicht so sicher. »Viele Naturheilmethoden haben eine lange Tradition und sind über Jahrhunderte erprobt. Warum sollten sie nicht funktionieren? Außerdem war Tessa mit Lina auch mal bei einer Frau, die Warzen besprochen hat. Lina hatte sich die Warzen im Hallenbad geholt. Sie war zweimal bei der Frau, danach sind ihre Warzen eingetrocknet und abgefallen.«
»Das kann auch Zufall gewesen sein«, meinte Franzi wenig beeindruckt.
»Auf jeden Fall bin ich jetzt ziemlich neugierig auf diesen mysteriösen Heiler«, sagte Marie. »Vielleicht sollten wir ihm heute Nachmittag einen Besuch abstatten. Was meinst du?«
Franzi nickte. »Gute Idee.« Sie betrachtete mit düsterer Miene ihr Bild. »Ob er auch ein Mittel gegen absolute Talentlosigkeit beim Zeichnen hat?«
Marie lachte. »Das kannst du ihn ja heute Nachmittag fragen.«

Auch Kim fand den Vorschlag gut. Also machten sich die drei !!! am späten Nachmittag auf den Weg. Der Heiler bewohnte ein kleines, etwas heruntergekommenes Häuschen auf einem verwilderten Grundstück, das direkt an den Garten des Eichenhofs grenzte. Die Sonne ging bereits hinter den Bäumen des Waldes unter, als die Detektivinnen durch das schief in den Angeln hängende Gartentor traten und den von Gräsern und Brennnesseln überwucherten Weg entlanggingen, der zum Haus führte. Unter ihren Füßen raschelte welkes Laub. Hier machte sich offenbar niemand die Mühe, es wegzufegen.

»So viel Unkraut auf einmal habe ich lange nicht mehr gesehen«, stellte Franzi fest.

»Vielleicht ist Herr Brockhausen kein Fan von Gartenarbeit«, vermutete Kim. »Oder er lässt einfach alles wachsen, damit er die Kräuter für seine Tinkturen im eigenen Garten sammeln kann. Ist doch viel praktischer, als immer in den Wald zu rennen.«

»Wir haben noch gar nicht besprochen, wie wir vorgehen«, fiel Marie ein. »Wir können ihn schließlich schlecht fragen, ob er gestern zufällig eine Moorleiche gestohlen hat.«

»Nein, das wäre etwas zu direkt«, stimmte Kim zu. »Wie wär's, wenn wir uns erst mal als Patienten ausgeben? So können wir ihn unauffällig aushorchen und danach auf den Diebstahl zu sprechen kommen.«

Franzi und Marie waren einverstanden. Sie hatten die Haustür erreicht, von der die moosgrüne Farbe abblätterte, und suchten vergeblich nach einer Klingel. Als Kim gerade den leicht verrosteten eisernen Klopfer betätigen wollte, öffnete sich die Tür und ein Mann kam heraus.

»Herr Thiele!«, rief Marie verdutzt. »Was machen Sie denn hier? Sind Sie krank?«

Der Dorfpolizist schien genauso überrascht zu sein, den Detektivinnen hier zu begegnen. Er setzte seine Dienstmütze auf, die er in der Hand gehalten hatte, und schüttelte den

Kopf. »Nein, mir geht es blendend. Wenn ich tatsächlich krank wäre, würde ich zu einem richtigen Arzt gehen. Ich bin dienstlich hier.«
»Geht es um den Moorleichen-Fall?«, fragte Kim interessiert. »Ist Herr Brockhausen verdächtig?«
»Das geht euch gar nichts an!« Heino Thiele warf den drei !!! einen ärgerlichen Blick zu. »Ich hab euch schon mal gesagt, dass ihr euch aus den Ermittlungen raushalten sollt. Was treibt ihr hier überhaupt? Spioniert ihr mir etwa nach?«
»Natürlich nicht«, sagte Franzi entrüstet. »Wir sind hier, weil … weil …«
»Weil ich meine Hühneraugen besprechen lassen will«, schwindelte Marie schnell. »Stellen Sie sich vor, ich habe drei an jedem Fuß. Das ist wirklich unangenehm.«
Kim und Franzi unterdrückten ein Kichern.
»Soso«, murmelte der Polizist, der es plötzlich sehr eilig zu haben schien. Er legte offenbar keinen Wert darauf, noch mehr über Maries angebliche Hühneraugen zu erfahren. »Dann will ich euch nicht länger aufhalten. Auf Wiedersehen.«
Er marschierte über den Gartenweg davon. Kaum war er außer Hörweite, prusteten die drei !!! los.
»Das war eine echte Meisterleistung, Marie!« Franzi konnte sich vor Lachen kaum halten. »Habt ihr sein Gesicht gesehen?«
Kim nickte kichernd. »Der Arme hat regelrecht die Flucht ergriffen. Vielleicht denkt er, Hühneraugen seien ansteckend.«
»Wir hätten ihm vorbeugend orthopädische Einlagen empfehlen sollen«, sagte Marie. »Oder Hühneraugenpflaster.«

»Du scheinst dich ja auszukennen«, bemerkte Franzi. »Du hast doch nicht wirklich Hühneraugen, oder?«
»Natürlich nicht.« Marie wippte in ihren taubenblauen Lederstiefeln auf und ab. »Ich kaufe meine Schuhe immer so, dass sie gut passen und nicht drücken.«
»Sehr vernünftig.« Kim wurde wieder ernst. »Sollen wir reingehen?«
»Klar, deshalb sind wir schließlich hier.« Franzi stieß die Tür auf, die der Polizist nicht hinter sich zugezogen hatte, und die Detektivinnen traten über die Schwelle. Sie gelangten in einen schmalen, etwas düsteren Flur, von dem mehrere Türen abgingen. »Hallo?«, rief Franzi. »Jemand zu Hause?«
Eine Männerstimme ertönte. »Ich bin in der Küche! Letzte Tür rechts.«
Die drei !!! folgten der Stimme in eine geräumige Wohnküche. Marie sah sich neugierig um. Der Raum wirkte freundlich und einladend. Zwei Fenster und eine Glastür gingen zum Garten hinaus. Von den schweren Holzbalken an der niedrigen Decke hingen Sträuße mit getrockneten Pflanzen herab. In einer Ecke stand ein alter Holztisch mit einer Sitzbank voller verschlissener Kissen. Die Regale an den Wänden waren vollgestopft mit Tiegeln, Töpfen und schweren Glasgefäßen, die mit den seltsamsten Dingen gefüllt waren. Auf den Fensterbänken standen kleine Tongefäße, in denen Kräuter wuchsen. Marie erkannte Pfefferminze, Zitronenmelisse und Petersilie, die anderen Sorten hatte sie noch nie gesehen. Die Küche war zwar ziemlich unordentlich, aber trotzdem gemütlich. So stellte sich Marie eine Hexenküche vor.

»Guten Tag!« Bert Brockhausen nickte den drei !!! freundlich zu. Er stand am Herd und rührte in einem großen Topf, in dem eine undefinierbare Flüssigkeit vor sich hin brodelte. Die Fenster waren vom Wasserdampf schon ganz beschlagen und es roch intensiv nach Lavendel. »Was führt euch zu mir?«

»Wir sind Feriengäste im Eichenhof und haben gehört, dass Sie ein bekannter Wunderheiler sind«, sagte Kim.

Bert Brockhausen verzog das Gesicht, das fast völlig hinter einem grauen Vollbart verschwand. »Ehrlich gesagt höre ich diese Bezeichnung nicht so gerne. Ich vollbringe keine Wunder, sondern versuche, die Selbstheilungskräfte des Patienten mit Mitteln aus der Natur zu aktivieren.«

»Das klingt interessant«, sagte Marie. »Wie funktioniert das genau?«

»Das kommt darauf an.« Bert Brockhausen klopfte den Löffel an der Topfkante ab, stellte die Gasflamme des Herds kleiner und legte einen Deckel auf den Topf. »Ich bin gelernter Heilpraktiker und wende Methoden aus der Naturheilkunde an. Außerdem mache ich Aromatherapie, Homöopathie, Hypnose und Blutegelbehandlungen.«

Franzi rümpfte die Nase. »Blutegel? Das klingt ja eklig.«

»Halb so wild.« Der Heilpraktiker lächelte nachsichtig. »Ein kleiner Aderlass durch einen Blutegel kann manchmal sehr schmerzlindernd wirken, zum Beispiel bei Arthrose. Diese Therapie wird schon seit Jahrtausenden angewendet, unter anderem in Indien und China.«

Franzi sah immer noch nicht sonderlich begeistert aus.

»Es ist wirklich faszinierend, wie viele unterschiedliche alternative Heilmethoden es gibt«, sagte Marie. »Stimmt es, dass Sie auch Warzen besprechen?«

Bert Brockhausen nickte. Er wischte sich die Hände an seinem grob gestrickten Wollpullover ab. Dazu trug er eine alte Jeans und abgewetzte Lederschlappen. »Hast du Probleme mit Warzen?«

»Nein, aber mit Hühneraugen. Können Sie die auch besprechen?«

Der Heilpraktiker schüttelte den Kopf. »Leider nicht. Aber ich könnte dir eine Tinktur aus Weidenrinde herstellen. Wenn du sie nach einem Fußbad in warmem Wasser auf das Hühnerauge aufträgst, bildet es sich zurück.«

»Toll!« Marie bedankte sich mit einem Lächeln für das freundliche Angebot. Bert Brockhausen war ihr wesentlich sympathischer, als sie gedacht hatte. Er schien kein Scharlatan zu sein, sondern jemand, der sein Handwerk verstand. Trotzdem wurde es allmählich Zeit, zum eigentlichen Grund ihres Besuchs zu kommen. »Übrigens ist uns gerade Herr Thiele in der Tür begegnet«, bemerkte Marie wie nebenbei. »Gehört er auch zu Ihren Patienten?«

Bert Brockhausens Gesicht verschloss sich. »Nein, ganz sicher nicht.«

»Was wollte er dann hier?«, fragte Kim.

»Mich mit völlig aus der Luft gegriffenen Verdächtigungen bombardieren, das wollte er.« Die Augen des Heilpraktikers blitzten ärgerlich. »Eine Unverschämtheit ist das!«

»Worum ging es denn genau?«, erkundigte sich Franzi.

Bert Brockhausen winkte ab. »Ist doch egal. Ich möchte nicht darüber reden. Das Thema ist für mich abgehakt.«

Doch Kim gab nicht so schnell auf. »Hat der Verdacht vielleicht etwas mit dem Diebstahl der Moorleiche zu tun?«

Der Heilpraktiker sah sie misstrauisch an. »Wie kommst du darauf?«

Kim zuckte mit den Schultern. »Nur so. Die Sache ist schließlich gerade das Thema Nummer eins im Dorf.«

»Die Moorleiche interessiert mich nicht«, sagte Bert Brockhausen unwirsch. Jetzt wirkte er längst nicht mehr so freundlich. Sein Blick wanderte langsam von Kim zu Franzi und zu Marie. »Ihr seid gar nicht wegen irgendwelcher Hühneraugen hier, oder? Wer seid ihr? Was wollt ihr von mir?«

Marie zückte eine Visitenkarte des Clubs und gab sie dem Heilpraktiker. »Wir sind Detektivinnen. Das mit den Hühneraugen war eine kleine Notlüge, entschuldigen Sie bitte. Eigentlich ermitteln wir im Fall der verschwundenen Moorleiche. Uns würde interessieren, warum Heino Thiele Sie verdächtigt.«

»Das ist eine Frechheit!«, schimpfte Bert Brockhausen. Er warf die Visitenkarte achtlos auf den Holztisch. »Erst horcht ihr mich über meine Heilmethoden aus, dann tischt ihr mir eine faustdicke Lüge auf und jetzt wollt ihr mir auch noch den Diebstahl der Moorleiche anhängen. Was fällt euch eigentlich ein?«

»Wir wollen Ihnen gar nichts anhängen«, stellte Franzi klar. »Uns geht es darum, den wahren Täter zu ermitteln.«

»Wir können Ihnen helfen«, sagte Marie. »Wenn der Verdacht gegen Sie unberechtigt ist, werden wir versuchen, Beweise für Ihre Unschuld zu finden. Aber dazu müssen wir mehr über die Hintergründe erfahren.«

»Ich denke gar nicht daran, diese alten Geschichten wieder aufzuwärmen.« Bert Brockhausen verschränkte die Arme vor der Brust. »Es ist längst Gras darüber gewachsen und das soll auch so bleiben. Von mir erfahrt ihr nichts mehr. Und jetzt geht bitte. Ich habe zu tun.« Er wandte sich ab, griff nach einer kleinen Blechkanne und begann, die Kräutertöpfe auf der Fensterbank zu gießen.

Die Detektivinnen wechselten einen Blick. Marie zuckte ratlos mit den Schultern. Hier würden sie nichts mehr erreichen. Bert Brockhausen wollte nicht weiter mit ihnen sprechen, und Marie konnte seinen Ärger sogar verstehen. Sich mit einer Lüge bei ihm einzuschleichen, war wirklich nicht besonders nett gewesen.

»Auf Wiedersehen«, sagte Marie leise, aber der Heilpraktiker antwortete nicht.

Schweigend verließen die drei !!! das Haus und liefen über den gewundenen Gartenweg zum Tor. Draußen war es inzwischen ganz dunkel geworden und ein eisiger Wind wehte vom Wald herüber.

Franzi schlug ihren Jackenkragen hoch. »Der war ziemlich sauer.«

»Nicht ganz zu unrecht«, sagte Kim. »Wir haben ihn schließlich tatsächlich angelogen.«

Marie seufzte. »Schade, dass wir es nicht geschafft haben, sein Vertrauen zu gewinnen. Ich fand ihn eigentlich ganz nett.«

»Ich auch.« Kim zuckte mit den Schultern. »Aber sein Verhalten war leider ziemlich verdächtig. Warum hat er uns nicht erzählt, was Heino Thiele von ihm wollte?«

»Stattdessen hat er uns einfach rausgeschmissen.« Franzi öffnete die Gartenpforte und die drei traten auf den Bürgersteig. »Sieht ganz so aus, als hätte er etwas zu verbergen.«
»Ich wüsste zu gern, warum Heino Thiele den Heiler verdächtigt.« Marie zog fröstelnd die Schultern hoch. »Dafür muss er doch einen konkreten Grund haben.«
»Es scheint da irgendeine Vorgeschichte zu geben«, meinte Kim. »Zumindest, wenn ich Bert Brockhausens Andeutungen richtig verstanden habe.«
»Wir kriegen schon noch heraus, was dahintersteckt«, sagte Franzi zuversichtlich. »Schließlich sind wir nicht umsonst supererfolgreiche Detektivinnen!«
»Bescheiden bist du wohl gar nicht, was?«, fragte Kim spöttisch.
»Auf keinen Fall!« Franzi lachte. »Wie heißt die gute, alte Redensart? *Bescheidenheit ist eine Zier, doch weiter kommt man ohne ihr!*«

Überraschung auf dem Torfkahn

Am Mittwochnachmittag stand die Fahrt mit dem Torfkahn auf dem Programm. Die drei !!! hätten sich am liebsten abgemeldet und weiterermittelt, aber Evi Hambacher bestand darauf, dass sie mitkamen.

»Auf keinen Fall!« Die Betreuerin schüttelte den Kopf, als Kim vorsichtig andeutete, die Fahrt eventuell unter den Tisch fallen zu lassen. »Ihr habt schon die Führung durchs Dorf verpasst. Außerdem ist eine Fahrt mit dem Torfkahn ein echtes Erlebnis, das solltet ihr euch nicht entgehen lassen.«

Also blieb den Detektivinnen nichts anderes übrig, als sich auf den Ausflug einzulassen, zu dem sich außer ihnen noch zehn andere Jugendliche angemeldet hatten. Immerhin war es heute nicht ganz so kalt wie in den letzten Tagen. Auch die Wolken hatten sich verzogen und die Herbstsonne strahlte vom Himmel. Gut gelaunt machte sich die Gruppe nach dem Mittagessen auf den Weg zum Anleger.

»Hoffentlich werde ich nicht seekrank«, murmelte Kim.

»Unsinn«, sagte Franzi. »Ich kann mir nicht vorstellen, dass wir im Moor hohe Wellen haben.«

Marie seufzte. »Wie ärgerlich, dass wir heute Nachmittag kostbare Zeit verplempern. Ich würde viel lieber mit den Ermittlungen weitermachen.«

»Vielleicht ist es gar nicht so schlecht, eine kleine Pause einzulegen«, meinte Kim. »Wir lassen uns die Köpfe so richtig schön freipusten und ermitteln dann morgen mit neuer Energie weiter.«

»Da wären wir!« Evi Hambacher führte die Jugendlichen zu einem kleinen Steg, an dem mehrere schwarze Holzboote mit braunen Segeln festgemacht waren.
»Sind das die Torfkähne?«, erkundigte sich ein Mädchen aus Maries Malkurs.
Die Betreuerin nickte. »Es sind allerdings keine Originale mehr, sondern Nachbauten. Aber sie sehen genauso aus wie die alten Torfkähne vor zweihundert Jahren.«
»Darin sind die Torfbauern früher quer durchs Moor geschippert?« Marie musterte skeptisch die schmalen Boote. Besonders vertrauenerweckend sahen sie nicht aus.
»Allerdings.« Ein Mann erschien auf dem Steg. Er war um die siebzig, trug blaue Schifferkleidung und eine Kapitänsmütze auf den schlohweißen Haaren. Sein Gesicht war wettergegerbt und voller Falten, aber seine blauen Augen funkelten verschmitzt.
»Das ist Bernd, unser Skipper«, stellte Evi den Mann vor. Sie schüttelte ihm die Hand. »Schön, dass du uns heute fährst.«
»Mach ich doch gerne.« Bernd sprang in einen der Torfkähne und winkte. »Bitte einsteigen, die Herrschaften. Gleich geht es los!«
Nacheinander kletterten die Jugendlichen in das Boot und nahmen auf zwei langen Holzbänken Platz. Kim, Franzi und Marie ergatterten drei Plätze nebeneinander.
»Achtung, wir legen ab!« Bernd machte den Kahn los und warf den Motor an. Leise vor sich hin tuckernd verließ das Boot den Steg. Geschickt steuerte es der Skipper in einen schmalen Wasserkanal, der quer durchs Moor führte. »Dies ist ein alter Entwässerungskanal, der um 1750 angelegt wur-

de. Viele dieser Kanäle sind im 18. Jahrhundert im Zuge der staatlichen Moorkolonisation entstanden. Zu dieser Zeit wurden systematisch Gräben und Dörfer angelegt, um das Moor zu besiedeln.«

»Wozu wurden die Torfkähne damals benutzt?«, fragte ein Junge.

»Sie waren Transportmittel für Menschen und Waren«, erklärte Bernd. »Die Moorbauern lebten hauptsächlich vom Verkauf des Torfs, der als Heizmaterial verwendet wurde. Mit den Torfkähnen brachten sie ihn zu ihren Kunden, zum Beispiel kleine Handwerksbetriebe oder Privatleute. Da es kaum befahrbare Landwege durch das Moor gab, wurden die Wasserwege genutzt. Die Torfkähne waren lange Zeit das einzige Verkehrsmittel im Düstermoor. Sie wurden nicht nur für den Torftransport genutzt, sondern man fuhr zum Beispiel auch sonntags mit ihnen zur Kirche.«

Marie versuchte, die Jugendlichen auszublenden und sich vorzustellen, wie eine Torfbauern-Familie in altmodischem Sonntagsstaat auf den einfachen Bänken des Kahns saß und zum wöchentlichen Kirchgang schipperte. Die Landschaft hatte vor zweihundert Jahren vermutlich nicht viel anders ausgesehen als heute: flaches Land, Gräser, dunkle Tümpel und ein paar Bäume. Darüber der weite Himmel, an dem sich die Wolken zu seltsamen Gebilden türmten …

»Hatten die Kähne damals auch schon Motoren?«, fragte der Junge weiter.

Bernd lachte. »Nein, so weit war die Technik noch nicht. Die Torfkähne wurden gestakt, gewriggt, getreidelt oder gesegelt. Dazu musste allerdings der Wind richtig stehen.«

»Was bedeutet wriggen und treideln?«, erkundigte sich Franzi.
»Treideln heißt ziehen«, erklärte der Skipper. »Die Kähne wurden von Menschen oder Pferden gezogen, die an Land vor dem Kahn herliefen. Wriggen nennt man eine achtförmige Bewegung mit einem langen Stechpaddel.«
»Klingt ganz schön mühsam«, sagte Kim.
Bernd nickte. »Ja, das Leben der Torfbauern war hart und entbehrungsreich.«
Während der Skipper den Kahn durch den Kanal steuerte, unterhielten sich die Jugendlichen leise oder genossen die Aussicht. Evi Hambacher sah mit abwesendem Gesichtsausdruck aufs Moor hinaus. Sie schien mit ihren Gedanken ganz weit weg zu sein. Woran sie wohl gerade dachte?
»Ist das nicht herrlich?« Kim hielt ihr Gesicht in die Sonne und schloss einen Moment die Augen. »Es ist so schön still hier auf dem Wasser, da kann man richtig gut entspannen.«
Marie lächelte. Schön, dass Kim auch abschalten konnte und nicht immer nur an ihren Kummer wegen Michi dachte.
»Es war eine gute Idee, die Kahnfahrt mitzumachen«, sagte auch Franzi. »Ein bisschen Ablenkung ist genau das, was wir jetzt brauchen.«
»Trotzdem geht mir dieser Bert Brockhausen nicht aus dem Kopf.« Marie war gedanklich schon wieder beim Fall. »Warum hat Oma Hannelore ihn beschuldigt? Und wieso verdächtigt ihn die Polizei?«
Evi zuckte zusammen, als der Name Bert Brockhausen fiel, löste ihren Blick von der friedlichen Landschaft und starrte Marie an. »Was hast du gerade gesagt?«

»Ich? Nichts«, antwortete Marie schnell. Sie wollte mit der Betreuerin nicht über ihren Verdacht reden. Die Ermittlungen des Detektivclubs waren wie immer streng geheim.
Evi schüttelte verärgert den Kopf. »Ihr habt irgendwelchen Klatsch aus dem Dorf aufgeschnappt, stimmt's? Warum können die Leute den armen Mann nicht einfach in Ruhe lassen? Er hat niemandem etwas getan. Sein einziges Anliegen ist es, den Menschen zu helfen.«
»Du hast sicher recht«, sagte Kim. »Herr Brockhausen scheint einen hervorragenden Ruf als Heiler zu haben.«
»Er ist der beste der ganzen Region.« Stolz schwang in Evis Stimme mit. »Die Leute kommen sogar aus den Nachbardörfern, um sich von ihm behandeln zu lassen. Er opfert sich für sie auf – und was ist der Dank? Dass er sich jetzt mit falschen Verdächtigungen und gemeinen Gerüchten herumschlagen muss, nur weil er vor Jahren mal einen Fehler gemacht hat.«
Marie runzelte die Stirn. Warum setzte sich Evi Hambacher so für den Dorfheiler ein? War sie einfach nur eine besonders treue Anhängerin seiner alternativen Methoden oder steckte mehr dahinter?
Kim schien sich gerade dieselbe Frage zu stellen. »Kennst du Bert Brockhausen näher?«, fragte sie vorsichtig.
Die junge Frau seufzte. »Das kann man so sagen. Er ist mein Vater.«
»Was?«, rief Marie überrascht.
»Aber wieso heißt du Hambacher und nicht Brockhausen?«, erkundigte sich Franzi.
»Ich habe den Nachnamen meiner Mutter«, erklärte Evi.

»Sie hat das Dorf vor vielen Jahren verlassen. Das war ein harter Schlag für meinen Vater. Meine Mutter war seine große Liebe. Er hat nie verwunden, dass sie fortgegangen ist.«

»Wie tragisch«, sagte Kim mitfühlend. »Liebeskummer kann furchtbar grausam sein.«

Evi nickte. »Papa hat sich damals Hals über Kopf in die Arbeit gestürzt und eine Menge Zusatzqualifikationen erworben, zum Beispiel für Aromatherapie und Hypnose. Seitdem ist es sein Lebensinhalt, anderen Menschen zu helfen. Er würde alles dafür tun.«

»Alles?«, fragte Kim. »Was meinst du damit?«

Evi seufzte. »Was soll's. Ihr findet es ja doch heraus. Außerdem ist es kein Geheimnis, jeder im Dorf könnte euch die Geschichte erzählen. Es wurde damals viel darüber getuschelt und getratscht.«

»Worüber?«, fragte Marie ungeduldig.

»Vor ein paar Jahren, als die Moorleiche gefunden wurde, ist mein Vater leider einen Schritt zu weit gegangen.« Evis Stimme war so leise geworden, dass die leichte Brise, die über das Wasser wehte, sie beinahe davontrug. Marie beugte sich vor, um die Betreuerin besser verstehen zu können. »Er hatte irgendwelche historischen Quellen über die Heilkunst studiert und in den alten Texten stand, die Haare von im Moor versenkten Menschen würden heilbringend wirken, wenn man sie zu einem Medikament verarbeitet.«

»Was?« Franzi schüttelte fassungslos den Kopf. »So ein Unsinn!«

»Früher glaubten die Menschen eben an solche Dinge«, er-

klärte Evi. »Der Aberglaube war viel verbreiteter als heutzutage. Jedenfalls wollte mein Vater wissen, ob an dieser Behauptung etwas dran ist. Da ihm das Museum keine Haare der Moorleiche überlassen wollte, hat er beschlossen, sich selbst zu helfen.«
»Er hat die Haare geklaut?«, fragte Kim ungläubig.
»Nein, aber er hat es versucht«, korrigierte Evi. »Er wurde erwischt, bevor er der Moorleiche ein Büschel Haare abschneiden konnte.«
»Und was ist dann passiert?«, wollte Marie wissen.
»Der Leiter des Museums hat damals auf eine Anzeige verzichtet«, fuhr Evi fort. »Aber natürlich wussten alle im Dorf Bescheid. Eine Weile haben sie meinen Vater schief angesehen, doch irgendwann ist die Sache in Vergessenheit geraten – bis jetzt.«
»Als die Moorleiche gestohlen wurde, haben sich die Leute wieder an die Geschichte erinnert«, kombinierte Kim. »Deshalb ist Bert Brockhausen unter Verdacht geraten.«
Marie nickte langsam. Die drei !!! brauchten keine Worte, um sich zu verständigen. Marie wusste auch so, dass Kim und Franzi dasselbe dachten wie sie: Der Heiler hatte ein Motiv!
»Mein Vater hat nichts mit dem Verschwinden der Moorleiche zu tun«, versicherte Evi Hambacher schnell. »Ich würde meine Hand für ihn ins Feuer legen.«
»Was, wenn er das alte Rezept doch noch ausprobieren wollte?«, fragte Franzi. »Du hast selbst gesagt, er würde alles dafür tun, um den Menschen zu helfen.«
»Er hat damals einen großen Fehler gemacht und daraus ge-

lernt«, erwiderte Evi. »Er würde diesen Fehler kein zweites Mal machen.«
Marie war sich da nicht so sicher, aber sie behielt ihre Zweifel für sich. Die Betreuerin hielt große Stücke auf ihren Vater.
»Was mich richtig wütend macht, ist die Reaktion der Dorfbewohner«, sagte Evi. »Seit ein paar Tagen kommen kaum noch Leute zu Papa, um sich heilen zu lassen.«
»Meinst du, die Menschen meiden ihn, weil er von der Polizei verdächtigt wird?«, fragte Kim.
Evi nickte. »Mit so jemandem wollen sie nichts zu tun haben. Nicht mal aus den Nachbardörfern kommt noch Kundschaft. So etwas spricht sich immer sehr schnell herum.« Ihre Stimme klang bitter.
»Also verdient dein Vater jetzt auch wesentlich weniger«, folgerte Franzi.
»Ja, aber das Geld ist nicht das größte Problem«, sagte Evi.
»Sondern?«, hakte Marie nach.
»Am meisten macht Papa zu schaffen, dass die Leute ihm nicht mehr vertrauen.« Evi seufzte. Dann ballte sie kämpferisch die Fäuste. »Diese Dummköpfe werden schon noch sehen, was sie davon haben!« Ihre Augen blitzten wütend.
»Sicher wird sich die Stimmung im Dorf bald wieder beruhigen«, sagte Kim tröstend. Die Betreuerin wirkte sehr aufgewühlt. Die schwierige Situation ihres Vaters schien sie stark zu belasten.
Evi nickte mechanisch, aber ihre Fäuste waren immer noch geballt und sie presste die Lippen zusammen.
»Was ist denn das dort drüben?«, rief ein Mädchen und zeigte auf einen roten Zug, der sich weiter hinten in ge-

mächlichem Tempo durch das Moor bewegte. Die anderen Jugendlichen waren zum Glück so mit ihren eigenen Gesprächen beschäftigt gewesen, dass sie von der Unterhaltung zwischen den Detektivinnen und der Betreuerin nichts mitbekommen hatten.
»Das ist der Moorexpress«, erklärte Bernd. »Zu Beginn des 20. Jahrhunderts, als die Bahnstrecke eingeweiht wurde, war es eine Sensation, das Moor mit einem Verkehrsmittel auf dem Landweg durchqueren zu können. Heute fährt der Moorexpress nur noch für die Touristen. Wisst ihr übrigens, woher das Düstermoor seinen Namen hat?«
Alle lauschten gebannt, während der alte Mann zu erzählen begann. Marie schaute zu Evi hinüber, die jetzt wieder mit starrem Blick aufs Moor hinaussah. Immerhin wussten sie nun, warum sie heute so abwesend war: Sie machte sich Sorgen um ihren Vater.
Seltsam, was für verschlungene Wege diese Ermittlungen nahmen, überlegte Marie. Wer hätte gedacht, dass sie ausgerechnet auf der Torfkahnfahrt herausfinden würden, warum Bert Brockhausen ins Visier der Polizei geraten war? Das Gespräch mit seiner Tochter hatte sie einen wichtigen Schritt weitergebracht. Denn auch wenn Evi ihren Vater noch so sehr verteidigte: Bert Brockhausen war eindeutig verdächtig!

Eine dramatische Wendung

Als Marie am nächsten Morgen aufstand, hätte sie sich nicht träumen lassen, was für eine Wendung die Ermittlungen an diesem Tag nehmen würden. Nach dem Frühstück machten sich die drei !!! wie immer auf den Weg ins Gemeindezentrum. Während Marie und Franzi das Atelier betraten, schimpfte Franzi leise vor sich hin. »Ich hab keine Lust mehr auf dieses blöde Herbstlaub!«

Claire Milsbach, die gerade am Waschbecken stand und Pinsel auswusch, entging Franzis Frust nicht. Sie stellte die sauberen Pinsel mit den Borsten nach oben in ein altes Marmeladenglas und sah Franzi nachdenklich an. »Warum probierst du es nicht mal mit Ölfarbe?«, schlug sie schließlich vor. »Ich glaube, das könnte etwas für dich sein. Die kräftigen Farben kommen deinem temperamentvollen Naturell entgegen. Ich hätte gleich wissen müssen, dass die zarten Aquarellfarben nichts für dich sind. Und zum Zeichnen bist du viel zu ungeduldig.« Claire nahm ein paar Farbtuben aus dem Regal und legte sie vor Franzi auf den Tisch. »Was meinst du?«

Franzi zuckte mit den Schultern. »Ich kann es ja mal probieren«, sagte sie ohne große Begeisterung. »Schlimmer als die Zeichnerei kann es schließlich auch nicht sein.«

»Prima!«, sagte Claire fröhlich. »Deine Kreativität braucht nur das passende Ventil. Du bist auf dem richtigen Weg, das spüre ich.«

Zum Glück spürte die Künstlerin nicht, dass Franzi hinter ihrem Rücken schon wieder die Augen verdrehte. Grinsend beugte sich Marie über das neue Aquarellbild, das sie gestern angefangen hatte. Im Gegensatz zu Franzi war sie immer noch begeistert von den wasserlöslichen Farben und den künstlerischen Möglichkeiten, die sie boten.

Kurze Zeit später hatte sich konzentriertes Schweigen über das Atelier gelegt und alle Kursteilnehmer arbeiteten an ihren Bildern, bis Claire Milsbach die vormittägliche Pause ankündigte. Während die Künstlerin im Aufenthaltsraum der Kursleiter verschwand und sich dort wie jeden Morgen einen Kaffee holte, ging Marie auf die Toilette, um einen schnellen Blick in den Spiegel zu werfen und ihr Make-up aufzufrischen. Als sie wieder auf den Flur trat, unterhielt sich Claire mit einem Becher dampfendem Kaffee in der Hand lautstark mit einer Kollegin. Es war Sibylle, die Leiterin von Kims Schreibworkshop.

»Das wird ja immer gruseliger«, sagte Claire gerade. Ihre Augen waren vor Entsetzen weit aufgerissen. »Wer macht denn so was?«

Sibylle zuckte mit den Schultern. »Ich habe es auch gerade erst gehört. Annabelle, die Schwester meines Freundes, arbeitet im Rathaus, sie hat es mir erzählt. Schlimm, nicht wahr?«

Maries Neugier war geweckt. Sie ging auf die beiden Frauen zu. »Was ist denn los?«

»Etwas Schreckliches ist passiert.« Claires Stimme klang, als wäre jemand gestorben. »Moorhausen wird erpresst!«

»Wie bitte?« Marie glaubte, sich verhört zu haben. »Wie meinen Sie das?«

»Beim Bürgermeister ist heute Morgen ein Erpresserschreiben

eingegangen«, berichtete Sibylle. »Jemand fordert eine große Summe Lösegeld. Angeblich soll es sich um 250.000 Euro handeln.«
»Wofür denn?«, fragte Marie.
»Für die Rückgabe der Moorleiche.« Claire nippte an ihrem Kaffee.
Marie runzelte die Stirn. »Sie meinen, das Erpresserschreiben wurde von den Dieben des ›Mädchens von Moorhausen‹ geschickt?«
Sibylle nickte. »Es sieht ganz so aus.«
Marie dachte blitzschnell nach. Diese Neuigkeit rückte den Fall in ein völlig neues Licht! Kim und Franzi würden staunen, wenn sie davon erfuhren. »Wissen Sie zufällig, wie der Brief aussah?«
»Er wurde mit aus der Zeitung ausgeschnittenen Buchstaben verfasst und in einem weißen Kuvert direkt in den Rathaus-Briefkasten geworfen«, erzählte Sibylle. »Annabelle ist für die Post des Bürgermeisters zuständig und hat den Brief geöffnet. Es hat sie fast der Schlag getroffen, als sie gesehen hat, worum es sich handelt. Die Arme stand richtig unter Schock.«
»Kein Wunder«, sagte Claire mitfühlend. »Schließlich hält man nicht jeden Tag ein Erpresserschreiben in der Hand. Sicher ist eine Menge negative Energie von dem Papier ausgegangen.«
Doch die negative Energie interessierte Marie weniger. Ihr ging es um knallharte Fakten. Was für ein Glück, dass Sibylle so gut Bescheid wusste. »Was genau stand denn in dem Brief?«, fragte sie weiter.

»Wenn das Dorf das Lösegeld zahlt, wird das ›Mädchen von Moorhausen‹ zurückkehren«, fasste Sibylle den Inhalt zusammen.
»Und wenn nicht?«, fragte Claire.
»Dann bleibt die Moorleiche für immer verschwunden«, antwortete Sibylle düster.
»Furchtbar!« Claire schüttelte den Kopf. »Damit würde Moorhausen seine Hauptattraktion verlieren.«
»Um das zu verhindern, will der Bürgermeister jetzt sämtliche Hebel in Bewegung setzen«, berichtete Sibylle weiter. »Es gab heute Vormittag schon eine kurzfristig angesetzte Krisensitzung. Was genau dort besprochen wurde, wusste Annabelle leider auch nicht. Aber angeblich wollen der Bürgermeister, das Museum und die Gemeindeverwaltung alles versuchen, um das Geld aufzubringen. Schließlich ist die Moorleiche als Touristenmagnet von unschätzbarem Wert für das Dorf. Es ist sogar von einer Sammlung unter den Dorfbewohnern die Rede. Alle sollen etwas geben, um das ›Mädchen von Moorhausen‹ zurückzubekommen.«
»Eine gute Idee«, stimmte Claire zu. »Ich würde sofort etwas spenden. Und viele andere bestimmt auch. In solchen Zeiten muss man zusammenhalten.«
Marie wandte sich ab. Sie hatte genug gehört. Eilig lief sie den Flur hinunter zum Getränkeautomaten, an dem Kim sich gerade eine heiße Schokolade holte. Franzi stand daneben und biss in einen grasgrünen Apfel, den sie heute Morgen vom Frühstücksbuffet mitgenommen hatte.
»Ich muss euch etwas erzählen«, verkündete Marie. »Es gibt aufregende Neuigkeiten!«

»Was denn?«, nuschelte Franzi mit vollem Mund. »Hat Kalle dich zu einer romantischen Nachtwanderung durchs Düstermoor eingeladen? Irrlichter und Moorgeister inklusive?«
Kim trank kichernd einen Schluck Kakao. Sie verzog das Gesicht. »Igitt, das Zeug schmeckt ja scheußlich! Kein Vergleich zum *Kakao Spezial* im *Café Lomo*.«
Marie runzelte die Stirn. »Könntet ihr mir vielleicht mal zuhören? Es geht weder um Kalle noch um Kakao. Es geht um unseren Fall!«
»Ach so, sag das doch gleich.« Franzi nahm noch einen Bissen von ihrem Apfel. »Was ist los?«
Endlich hatte Marie die volle Aufmerksamkeit ihrer Freundinnen. Rasch berichtete sie, was sie gerade erfahren hatte.
»Eine Erpressung?«, fragte Kim überrascht. »Das gibt dem Fall eine völlig neue Wendung!«
Marie nickte. »Jetzt kennen wir endlich das Motiv des Moorleichen-Diebes. Er will das ›Mädchen von Moorhausen‹ zu Geld machen.«
»Traut ihr Bert Brockhausen eine Erpressung zu?«, fragte Franzi.
Kim überlegte. »Warum nicht? Er muss es ja nicht von Anfang an so geplant haben. Vielleicht wollte er ursprünglich nur die Haare der Moorleiche haben, um daraus irgendeine Wundermedizin herzustellen. Aber dann geriet er unter Verdacht und die Dorfbewohner haben sich gegen ihn gewendet.«
»Und aus lauter Zorn hat er beschlossen, jetzt so richtig Profit aus dem Diebstahl zu schlagen«, fuhr Marie fort.
»Möglicherweise will er Moorhausen nach dieser Enttäu-

schung sogar verlassen und fortgehen«, überlegte Franzi laut. »Das Lösegeld könnte er bestimmt gut gebrauchen, um irgendwo anders neu anzufangen. Es wäre sozusagen sein Startkapital.«
»Klingt logisch.« Kim nickte. »Es könnte so gewesen sein, muss aber nicht.«
»Was haltet ihr davon, wenn wir Bert Brockhausen beschatten?«, schlug Marie vor. »Nur so können wir herausfinden, was er im Schilde führt.«
»Gute Idee«, sagte Kim. »Mit etwas Glück führt er uns sogar zum Versteck der Moorleiche.«
»Abgemacht! Ab heute Nachmittag lassen wir den Wunderheiler nicht mehr aus den Augen.« Franzi grinste zufrieden und steckte sich den Rest ihres Apfels in den Mund.

Um Punkt fünfzehn Uhr begannen die Detektivinnen mit der Beschattungsaktion. Sie schlichen sich auf Bert Brockhausens Grundstück und suchten unweit vom Haus hinter einer hohen Fichte Schutz. Jetzt kam es ihnen entgegen, dass der Heiler kein begeisterter Hobbygärtner war. Hinter den ausladenden Zweigen der Fichte, den unbeschnittenen Sträuchern und wuchernden Gräsern war es kinderleicht, sich zu verstecken.
»Wir sollten erst überprüfen, ob er zu Hause ist«, schlug Kim vor.
»Das mache ich!« Franzi lief gebückt zum Haus hinüber. Sie hockte sich unter eins der Fenster und warf vorsichtig einen Blick hinein. Dann überprüfte sie die restlichen Räume, bevor sie wieder zurück zur Fichte rannte.

»Er ist in der Küche«, berichtete sie atemlos.
»Ich wette, er braut wieder irgendeinen Heiltrank, stimmt's?«, fragte Marie.
Franzi schüttelte den Kopf. »Er sitzt am Küchentisch und blättert in einem Buch.«
»Dann sollten wir hierbleiben und abwarten, was passiert«, beschloss Kim.
Leider passierte zunächst gar nichts. Über eine Stunde hockten die Detektivinnen in ihrem Versteck, ohne dass jemand kam oder ging. Marie hatte es sich auf einem alten Baumstumpf bequem gemacht, Kim und Franzi saßen auf einer umgedrehten Holzkiste, die sie unter der Fichte gefunden hatten.
»Herr Brockhausen scheint wirklich nicht mehr viel Kundschaft zu haben«, stellte Marie fest. »Bis jetzt ist noch kein einziger Patient aufgetaucht.«
»Es stimmt also, was Evi gesagt hat.« Franzi zog fröstelnd die Schultern hoch. »Die Dorfbewohner vertrauen ihm nicht mehr.«
»Hoffentlich kommt er heute überhaupt noch mal aus dem Haus.« Kims Zähne klapperten leise. »Es ist echt kalt hier draußen. Ein bisschen Bewegung wäre jetzt gar nicht schlecht.«
Eine eisige Brise fuhr durch die Zweige der Fichte und bewegte sie auf und ab. Es sah aus, als würde der Baum den Mädchen zuwinken.
»Wir hätten heißen Tee mitnehmen sollen.« Marie ärgerte sich, dass sie nicht vorher daran gedacht hatte. Ihre Füße fühlten sich an wie Eiszapfen und allmählich drang die Kälte

auch durch ihren dicken Mantel. Die Sonne war bereits hinter dem Wald verschwunden. Bald würde es dunkel werden.

Franzi zog den Reißverschluss ihrer Jacke bis ganz nach oben. »Wir können uns ja warme Gedanken machen.«

Marie grinste. »Apropos: Wie geht es Benni und Leonhard? Vermissen sie dich schon?«

»Die beiden würden dich bestimmt liebend gerne an kalten Herbsttagen wärmen.« Kim kicherte.

Franzi warf ihren Freundinnen einen halb ärgerlichen, halb belustigten Blick zu. »Ihr könnt es nicht lassen, oder? Zum letzten Mal: WIR SIND NUR GUTE FREUNDE! War das deutlich genug?«

»Absolut«, behauptete Marie. »Wie viele SMS haben sie dir denn geschickt, seit du hier bist?«

Franzi zuckte mit den Schultern. »Keine Ahnung. Zehn oder zwölf vielleicht.«

»Nicht schlecht!« Marie schnalzte beeindruckt mit der Zunge. »Wenn du mich fragst, kann das nur Liebe sein.«

Kim seufzte. »Ich wäre froh, wenn Michi mir eine einzige SMS schicken würde.«

»Hat er sich immer noch nicht gemeldet?«, fragte Marie. »Das passt gar nicht zu ihm.«

»Wahrscheinlich ist er sauer, weil ich am Wochenende nicht zu Hause war.« Kim starrte auf ihre Turnschuhe. »Oder ich bin ihm inzwischen völlig egal.«

»Unsinn!« Franzi schüttelte den Kopf. »Michi liebt dich. Es gibt bestimmt einen anderen Grund für die Funkstille. Warum rufst du ihn nicht an und fragst ihn einfach?«

Kim zuckte mit den Schultern. »Ich will mich nicht aufdrängen.«
Marie verdrehte die Augen. »Was heißt denn hier aufdrängen? Du bist seine Freundin! Es ist doch völlig normal, dass du dir Sorgen machst, wenn er sich tagelang nicht meldet.«
»Vielleicht habt ihr recht«, murmelte Kim, doch sie klang immer noch nicht richtig überzeugt. »Ich werde es mir überlegen.«
Marie dachte an Holger, der sich bestimmt auch allmählich fragte, warum sie nichts von sich hören ließ. Sie musste ihn dringend anrufen. Am besten machte sie das gleich heute Abend, bevor er endgültig beleidigt war und sie lange Erklärungen abgeben musste.
»Wie läuft es denn mit Kalle?«, erkundigte sich Franzi. »Heute Morgen hat er dir ja wieder ordentlich schöne Augen gemacht.«
Ein warmes Gefühl durchströmte Marie. Kalle schien zum Glück nicht nachtragend zu sein, weil sie ihn wegen seines verlorenen Taschenmessers in die Zange genommen hatten. Beim Frühstück hatte er Marie mit einem strahlenden Lächeln begrüßt und ihr ein Kompliment zu ihren Haaren gemacht, die frisch gewaschen und glänzend über ihre Schultern fielen. Seine grauen Augen hatten sie dabei so intensiv angeschaut, dass tausend kleine Irrlichter wie verrückt durch ihren Magen gehüpft waren. »Kalle ist ziemlich süß, oder?«, fragte Marie verträumt.
»Kann sein – aber du bist in festen Händen«, erinnerte sie Kim.
»Danke für die Information.« Marie seufzte. »Du schaffst es

immer wieder, einen auf den Boden der Tatsachen zurückzuholen. Ich bin Holger treu, das weißt du doch. Aber was schadet es, ein bisschen zu flirten?«

»Ich glaube, du verrennst dich da in etwas«, sagte Kim. »Mit Gefühlen spielt man nicht, weder mit den eigenen noch mit denen anderer.«

»Das weiß ich«, gab Marie zurück. »Du brauchst mich nicht zu belehren.«

»Entschuldige«, lenkte Kim ein. »So sollte es nicht rüberkommen. Ich will dir nur helfen.«

»Schon okay.« Marie lächelte etwas gequält. »Im Grunde hast du ja recht.«

»Pst!« Franzi sprang von der Holzkiste und starrte zum Haus hinüber. »Ich glaube, es geht los.«

In dem ungewissen Zwielicht, das sich inzwischen über den Garten gelegt hatte, beobachteten die drei !!!, wie sich die Haustür öffnete und Bert Brockhausen heraustrat. Er trug einen wattierten Anorak, dicke Handschuhe und eine Mütze mit Ohrenklappen. Mit zügigen Schritten marschierte er über den Gartenweg zur Straße. Kurze Zeit später schlug das quietschende Tor hinter ihm zu.

»Ihm nach!«, raunte Kim und die Detektivinnen nahmen die Verfolgung auf.

Ermittlung zwischen Gräbern

Die Straßenlaternen sprangen flackernd an, als die drei !!! dem Heiler in Richtung Dorf folgten. Er nahm nicht den Weg durch den Wald, sondern benutzte die Straße. Die Strecke war zwar länger, dafür aber besser beleuchtet, was für eine unauffällige Beschattung jedoch nicht unbedingt von Vorteil war. Die Detektivinnen ließen sich etwas zurückfallen, damit Bert Brockhausen sie nicht bemerkte, falls er einen Blick über die Schulter warf. Doch er sah sich nicht um, sondern ging mit langen Schritten weiter. Als sie die Dorfstraße erreicht hatten, zog er die Schultern hoch und schaute weder nach rechts noch nach links, während er an den Häusern vorbei in Richtung Dorfmitte schritt. Die Leute, die ihm entgegenkamen, warfen ihm verstohlene Blicke zu und tuschelten miteinander. Die negative Stimmung gegen den Heiler war fast mit Händen zu greifen.

»Wo will er nur hin?«, überlegte Franzi, als sie beinahe das ganze Dorf durchquert hatten.

»Vielleicht macht er einfach einen kleinen Abendspaziergang«, vermutete Marie.

Kim schüttelte den Kopf. »Das glaube ich nicht. Er bewegt sich wie jemand, der ein ganz bestimmtes Ziel hat.«

Sie sollte recht behalten. Kurze Zeit später verlangsamte Bert Brockhausen seine Schritte und blieb vor einem Eisengitter-Tor stehen. Dahinter ragten Grabsteine auf wie mahnende Zeigefinger.

»Das ist der Friedhof.« Marie schluckte. »Was will er hier?«

»Das werden wir gleich erfahren«, sagte Franzi.

Der Heiler trat durch das Tor und verschwand in der abendlichen Dunkelheit, die sich inzwischen über das Düstermoor gesenkt hatte.

»Sollen wir ihm wirklich folgen?« Kim zögerte. Ihre Begeisterung für Friedhofsbesuche nach Einbruch der Nacht hielt sich in Grenzen.

Auch Marie konnte sich etwas Angenehmeres vorstellen. Andererseits hätte sie zu gerne gewusst, was Bert Brockhausen hier zu suchen hatte.

»Ihr wollt doch nicht etwa kneifen, oder?« Franzi sah ihre Freundinnen vorwurfsvoll an. »Wir haben nicht stundenlang draußen in der Kälte gehockt, um jetzt einen Rückzieher zu machen. Das ist schließlich nicht das erste Mal, dass wir zwischen Gräbern ermitteln.«

»Franzi hat recht.« Marie gab sich einen Ruck. »Wir müssen dem Verdächtigen auf den Fersen bleiben. Mit etwas Glück führt er uns direkt zur Moorleiche.«

»Du meinst, er hat sie auf dem Friedhof versteckt?«, fragte Kim schaudernd.

»Warum nicht?«, sagte Marie. »Möglich wäre es.«

»Jetzt kommt endlich!« Franzi war schon unterwegs zum Tor. »Wenn wir noch lange quatschen, ist er über alle Berge.«

Marie und Kim folgten Franzi. Stumm betraten die Detektivinnen den Friedhof und sahen gerade noch, wie eine dunkle Gestalt um eine kleine Kapelle bog. Hastig liefen sie hinterher. Abgesehen von den flackernden Grablichtern, die einen unheimlichen roten Schein verbreiteten, war es völlig

dunkel zwischen den Gräbern. Die Grabsteine lauerten rechts und links vom Weg wie geduckte Ungeheuer, bereit, sich auf die Eindringlinge zu stürzen. Marie bekam eine Gänsehaut.
Bert Brockhausen marschierte immer weiter, an Marmorengeln mit segnend ausgebreiteten Armen, wuchtigen Grabsäulen und einem alten Mausoleum vorbei. Die drei !!! folgten ihm so leise wie möglich, stets darauf bedacht, raschelndem Laub und knackenden Ästen auszuweichen. Kim schrie leise auf, als ein Schatten vor ihnen über den Weg huschte.
»Was war das?«, flüsterte sie panisch.
»Pst! Nicht so laut!«, mahnte Franzi.
»Das war bestimmt nur eine Maus«, beruhigte Marie ihre Freundin.
»Meinst du?« Kim entspannte sich wieder ein bisschen.
»Klar«, sagte Franzi. »Oder eine Ratte.«
»WAS?«, quiekte Kim.
»Leise!«, zischten Franzi und Marie gleichzeitig.
Kim machte ein schuldbewusstes Gesicht. »Tut mir leid.«
Schweigend setzten sie ihren Weg fort. Der Mond kam hinter den Wolken hervor und tauchte den Friedhof in milchigweißes Licht.
»Hoffentlich werden wir nicht gesehen«, flüsterte Franzi. »Mir wäre es lieber, der Mond würde wieder verschwinden.«
Aber die Wolken hatten sich verzogen und der Vollmond hing wie ein runder, gelber Käse am Nachthimmel. Sie hatten inzwischen den hinteren Teil des Friedhofs erreicht. Hier befanden sich die alten Gräber mit ihren bemoosten Steinen,

den kaum zu entziffernden Inschriften und zerborstenen Grabplatten. Hohe Bäume mit knorrigen Stämmen und gewaltigen Kronen breiteten schützend ihre Äste über den Gräbern aus. Zwischen den Grabsteinen sammelte sich lautlos der Nebel. Bert Brockhausen lief immer weiter. Er folgte dem schmaler werdenden Weg bis in die hinterste Ecke des Friedhofs.

»Was zum Teufel hat er vor?«, raunte Kim.

»Achtung, er bleibt stehen«, zischte Franzi.

Der Heiler machte unter einer ausladenden Weide halt und die drei !!! duckten sich schnell hinter einen großen, etwas schief stehenden Grabstein. Hinter der Weide floss ein schmaler Bach entlang und bildete die natürliche Grenze zwischen Friedhof und Wald. Durch die kahlen Äste der Weide sickerte das Mondlicht und ging nahtlos in wabernde Nebelschwaden über, die um Bert Brockhausens Beine tanzten.

»Was macht er?« Marie starrte angestrengt zu dem Verdächtigen hinüber, konnte aber wegen des immer dichter werdenden Nebels nicht viel erkennen. Stand er vor einem Grab? Hatte hier ein Vorfahre des Dorfheilers seine letzte Ruhestätte gefunden, die er im Schutz der Dunkelheit besuchte? Oder war unter der Weide etwas anderes versteckt?

Bert Brockhausen trat noch zwei Schritte auf den Bach zu. Er zog einen länglichen Gegenstand aus der Jackentasche, ging in die Hocke und machte sich am Boden unter der Weide zu schaffen. Ein schabendes Geräusch durchbrach die Stille der Nacht.

»Er gräbt«, stellte Franzi fest, die das Geräusch als Erste erkannt hatte. »Er muss eine kleine Schaufel oder einen Klappspaten in der Tasche gehabt haben.«
Marie wurde eiskalt. »Glaubt ihr … glaubt ihr, er gräbt die Moorleiche aus?«, flüsterte sie.
Kim schlang die Arme um ihren Oberkörper. »Möglich wäre es.«
»Das ist die einzige logische Erklärung.« Franzis Augen funkelten aufgeregt. »Warum sonst sollte er hier auf dem Friedhof im Dunkeln ein Loch graben? Das ist doch das perfekte Versteck! Und nun will er die Moorleiche holen, um sie zurückzugeben, sobald er das Lösegeld kassiert hat. Wir müssen ihn in flagranti ertappen, jetzt sofort!«
Kim war etwas blass um die Nase, aber sie nickte. »Du hast recht. Das ist eine einmalige Chance, die wir uns nicht entgehen lassen dürfen. Ich zähle bis drei, dann rennen wir los. Wir müssen ihn unbedingt überrumpeln, bevor er fliehen kann.« Marie und Franzi nickten. »Auf geht's«, flüsterte Kim. »Eins, zwei … drei!«
Die drei !!! schossen hinter dem Grabstein hervor und stürmten zur Weide hinüber. Bert Brockhausen zuckte zusammen, als er ihre Schritte hörte, ließ die Schaufel fallen und sprang auf.
»Stehen bleiben!«, rief Kim.
»Keine Bewegung!«, warnte Franzi.
»Flucht ist zwecklos!«, schrie Marie.
Der Dorfheiler war wie erstarrt. Bevor er reagieren konnte, waren die Detektivinnen schon bei ihm. Sie bauten sich vor ihm auf und schnitten ihm den Fluchtweg ab.

»Machen Sie keine Dummheiten«, sagte Kim ruhig. »Das Spiel ist aus. Sie haben keine Chance.«
»Was … was macht ihr hier?«, stammelte Bert Brockhausen. »Was hat das zu bedeuten?« Er war so weiß wie ein Gespenst und wirkte völlig überrumpelt. »Ihr habt mich fast zu Tode erschreckt.«
»Wir sind Ihnen gefolgt«, erklärte Franzi. »Und jetzt wüssten wir gerne, was Sie da gerade ausgraben.«
Marie starrte auf das Loch im Boden. Es war noch nicht besonders tief. Trotzdem erwartete sie halb, jeden Moment eine knorrige Knochenhand aus der Erde schießen zu sehen. Schaudernd wandte sie sich ab. »Sie haben das ›Mädchen von Moorhausen‹ hier vergraben, stimmt's?«, fragte sie.
»Wie bitte?« Bert Brockhausen starrte sie ungläubig an.
»Sie haben schon richtig verstanden«, sagte Franzi. »Und jetzt antworten Sie bitte.«
Der Heiler lachte kurz auf. Es klang ziemlich verzweifelt und ein bisschen irre. Marie trat unwillkürlich einen Schritt zurück. Drehte der Mann jetzt durch? Würde er sie gleich mit der Schaufel angreifen? Oder einen Fluchtversuch starten? Einen Moment schien alles möglich. Auch Kim und Franzi wirkten aufs Äußerste angespannt.
Bert Brockhausen ließ die Schultern hängen und strich sich etwas hilflos über seinen grauen Vollbart. Die Spannung verpuffte. »Ich habe die Moorleiche weder gestohlen noch vergraben«, sagte er müde. »Ich habe mit ihrem Verschwinden nicht das Geringste zu tun. Wie oft soll ich euch das noch sagen?«
»Und wozu ist dann das Loch?«, fragte Kim.

»Ich war gerade dabei, ein paar Wurzeln auszugraben, bevor ich euretwegen fast einen Herzinfarkt bekommen hätte«, erklärte der Heiler.

»Wurzeln?«, fragte Franzi verwirrt. »Was für Wurzeln?«

»*Valeriana officinalis*«, antwortete Bert Brockhausen.

Die drei !!! wechselten einen Blick. Kim und Franzi hatten offenbar genauso wenig verstanden wie Marie.

»Könnten Sie uns vielleicht aufklären?«, bat Kim. »Was heißt das?«

»Baldrian«, übersetzte der Heiler. »*Valeriana officinalis* ist der wissenschaftliche Name der Pflanze.«

»Sie wollten Baldrianwurzeln ausgraben?« Marie runzelte die Stirn.

»Ganz genau.« Bert Brockhausen bückte sich und hob etwas vom Boden auf. »Hier, überzeugt euch selbst.«

Die drei !!! traten näher und betrachteten die braunen, faserigen Wurzeln, an denen noch Erdkrümel hingen.

»Warum gerade hier?«, fragte Franzi, immer noch skeptisch.

»Baldrian wächst besonders gut an Waldrändern, auf feuchten Wiesen oder an Ufern von Bächen«, erklärte der Heiler. »Auf einem meiner Spaziergänge habe ich vor ein paar Monaten entdeckt, dass hier hinten auf dem Friedhof besonders schöner Baldrian wächst. Die Pflanzen waren im Sommer über zwei Meter hoch und haben wunderbar geblüht. Die Wurzeln kann man allerdings erst im Herbst sammeln.«

»Was haben Sie damit vor?«, wollte Kim wissen.

»Ich trockne sie, um daraus Tee oder Baldrian-Tinktur herzustellen«, antwortete Bert Brockhausen. »Baldrian hat eine beruhigende, entspannende und konzentrationsfördernde

Wirkung. Man wendet ihn bei Kopfschmerzen, Krämpfen, Schlafstörungen, Nervosität und vielen anderen Beschwerden an.«

»Richtig!« Marie nickte. »Tessa nimmt manchmal Baldriantropfen, wenn sie nicht schlafen kann.«

»Leider sind meine Vorräte an Baldrianwurzeln aus dem vergangenen Herbst schneller zur Neige gegangen als geplant, deshalb wollte ich heute Nachschub holen.« Der Heiler seufzte. »In den letzten Tagen habe ich jeden Abend Baldriantee für meine Tochter gekocht. Es geht ihr leider gar nicht gut, ich mache mir große Sorgen um sie.«

»Ist Evi krank?«, fragte Marie. »Wir haben sie doch gestern noch gesehen, da wirkte sie ziemlich fit.«

»Ihr kennt Evi?« Bert Brockhausen machte ein überraschtes Gesicht.

Franzi nickte. »Ja, wir nehmen an den Kreativferien teil. Gestern hat sie uns auf eine Fahrt mit dem Torfkahn begleitet.«

»Was ist mit ihr?«, erkundigte sich Kim. »Warum geht es ihr nicht gut?«

»Wenn ich das nur wüsste!« Der Heiler schüttelte betrübt den Kopf. »Sie will es mir einfach nicht sagen, dabei reden wir sonst über alles. Ich weiß nur, dass sie in letzter Zeit furchtbar nervös, schreckhaft und zerstreut ist. Jedes Mal, wenn es an der Tür klingelt, zuckt sie zusammen. Gestern hat sie sich stundenlang in ihrem Zimmer eingeschlossen und mich nicht reingelassen, das macht sie sonst nie. Und nachts geistert sie durchs Haus, weil sie nicht schlafen kann. Irgendetwas scheint sie sehr zu beschäftigen, aber sie will nicht darüber sprechen.«

»Stimmt, gestern Nachmittag wirkte sie auch irgendwie abwesend«, erinnerte sich Marie. »Sie war mit ihren Gedanken ganz weit weg.«
»Vielleicht hat sie Liebeskummer«, vermutete Kim.
»Was auch immer es ist, ich würde ihr so gerne helfen.« Bert Brockhausen hielt die erdigen Wurzeln hoch. »Aber alles, was ich tun kann, ist, ihr Baldriantee zu kochen.«
»Das ist schon eine ganze Menge«, sagte Kim tröstend. »Evi weiß das bestimmt zu schätzen.«
»Vorhin habe ich in einem meiner Bücher über Heilkräuter ein neues Baldrianrezept gefunden, das möchte ich gern ausprobieren«, erzählte der Dorfheiler. »Ich hoffe, es hilft Evi, nachts wieder besser zu schlafen.«
Marie sah Bert Brockhausen nachdenklich an. Die Sorge um seine Tochter wirkte echt. Und seine Erklärung für die nächtliche Buddelaktion auf dem Friedhof war absolut plausibel. »Sie haben also mit dem Verschwinden der Moorleiche wirklich nichts zu tun?«, vergewisserte sie sich trotzdem noch einmal.
Der Heiler schüttelte den Kopf. »Nein! Das müsst ihr mir glauben.«
»Und mit der Erpressung auch nicht?«, hakte Franzi nach.
»Natürlich nicht«, antwortete Bert Brockhausen entrüstet. »Ich würde niemals jemanden erpressen. Außerdem ist mir Geld völlig unwichtig. Mir geht es darum, Menschen zu helfen. Wenn ich an materiellem Reichtum interessiert wäre, hätte ich einen anderen Beruf gewählt, das könnt ihr mir glauben.«
Marie glaubte ihm tatsächlich. Der Mann schien wirklich

nicht viel zum Leben zu brauchen. Offenbar waren ihm weder ein protziges Haus noch schicke Klamotten wichtig. Er wirkte völlig zufrieden mit dem, was er hatte. Eigentlich ein beneidenswerter Zustand.

»Wir sollten jetzt gehen«, sagte Kim. »Entschuldigen Sie bitte, dass wir Sie verdächtigt haben.«

»Ich nehme die Entschuldigung an.« Bert Brockhausen nickte den Detektivinnen freundlich zu. »Irren ist menschlich. Wichtig ist nur, dass man zu seinen Fehlern steht. Ich wünsche euch viel Glück bei den weiteren Ermittlungen.«

»Danke«, sagte Franzi. »Wir werden versuchen, den Täter so schnell wie möglich zu überführen, damit Sie nicht länger unter Verdacht stehen.«

Die drei !!! verabschiedeten sich. Während Bert Brockhausen seine Schaufel aufhob und im Schein des Mondes wieder zu graben begann, machten sich die Detektivinnen auf den Rückweg zur Pension. Marie rieb sich fröstelnd die Hände. Alles, was sie sich jetzt wünschte, waren ein heißer Tee und ein Platz am prasselnden Kaminfeuer!

Verräterische Schnipsel

Detektivtagebuch von Kim Jülich
Freitag, 7:01 Uhr
Ich konnte nicht mehr schlafen, darum bin ich leise aufgestanden und hab mich ins Kaminzimmer geschlichen, um vor dem Frühstück den letzten Ermittlungsstand festzuhalten. Um es in einem Satz zusammenzufassen: Wir sind total frustriert!
Die anstrengende Beschattung von Bert Brockhausen gestern hat nichts gebracht – abgesehen davon, dass wir jetzt wissen, welche Heilkräfte Baldrianwurzeln haben. Als wir zurück in die Pension kamen, waren wir total durchgefroren. Zum Glück konnten wir uns am Kamin aufwärmen. Mia Frehlert hat uns sogar heißen Punsch aus Apfelsaft und Früchtetee gebracht. Er war mit Zimtstangen und Orangenscheiben gewürzt – lecker!
Übrigens haben wir auf dem Rückweg Frau Frehlerts Mutter auf dem Friedhof gesehen. Oma Hannelore stand völlig versunken vor einem Grab ziemlich weit hinten auf dem Friedhof. Sie hat uns nicht bemerkt und wir wollten sie nicht stören, deshalb sind wir leise weitergegangen, ohne uns bemerkbar zu machen. Bestimmt war es das Grab ihres Mannes und sie hat gerade stille Zwiesprache mit ihm gehalten.
Was den Fall angeht, so waren wir mal wieder auf der falschen Fährte. Bert Brockhausen haben wir inzwischen von der Liste der Verdächtigen gestrichen. Die große Frage lautet: Wenn er es nicht war, wer war es dann? Leider läuft uns die Zeit davon. Morgen fahren wir schon wieder nach Hause. Heute Vormittag finden die Kreativkurse zum letzten Mal statt. Nachmittags

haben wir Freizeit, danach steigt der große Abschlussabend mit allen Teilnehmern der Kreativwoche. Bei dieser Gelegenheit werden wir vom Schreibworkshop unsere Texte präsentieren. Jeder liest eine Kurzgeschichte vor, an der er im Lauf der Woche gearbeitet hat. Ich bin schon total aufgeregt!
Aber bevor wir morgen abreisen, müssen wir den Fall unbedingt lösen. Nur wie? Leider fehlt uns der entscheidende Hinweis. Ob wir dem Verdacht gegen das Nachbardorf nachgehen sollen? Wir könnten heute Nachmittag hinfahren und ein paar Leute befragen. Vielleicht weiß jemand was. Ich werde auf jeden Fall nachher mit Marie und Franzi darüber reden.
Mist, schon kurz vor halb acht! Ich muss Schluss machen, gleich gibt es Frühstück. Bis später!

»Also, dieses tolle Frühstücksbuffet werde ich echt vermissen.« Kim träufelte reichlich Ahornsirup auf ihren Obstsalat, schob sich einen Löffel voll in den Mund und schloss genießerisch die Augen.
»Ich auch.« Marie köpfte ihr Frühstücksei. Es war genau richtig, nicht zu hart und nicht zu weich.
Mia Frehlert betrat den Wintergarten und stellte einen großen Korb mit frischen Brötchen auf das Buffet.
»Gibt es auch wieder diese leckeren Brezeln?«, erkundigte sich Franzi.
Frau Frehlert nickte. »Die Brezeln sind noch im Ofen. In etwa fünf Minuten müssten sie fertig sein. Tut mir leid, dass es heute etwas länger dauert, aber ich habe es einfach nicht eher geschafft. Die Brötchen sind nicht rechtzeitig geliefert worden, deshalb musste ich dem Bäcker hinterhertelefonie-

ren. Währenddessen sind die Waffeln angebrannt, sodass ich erst mal durchlüften musste. Danach hatte ich alle Hände voll mit dem restlichen Frühstück zu tun.« Die Pensionsbesitzerin wirkte ziemlich gestresst. Trotzdem blieb sie freundlich und schenkte den Mädchen noch ein Lächeln.

»Kein Problem«, sagte Franzi. »So eilig haben wir es nun auch wieder nicht.«

»Sind Sie denn heute ganz allein für das Frühstück zuständig?«, erkundigte sich Kim. »Sonst haben Sie doch Hilfe von Kalle und Oma Hannelore.«

Mia Frehlert schüttelte den Kopf. »Schön wär's! Nein, morgens bin ich immer allein in der Küche. Eine Küchenhilfe können wir uns leider nicht leisten, die Pension wirft nicht genug ab. Kalle muss in der Schulzeit früh los, um den Schulbus zu erwischen. Deshalb schläft er in den Ferien gerne aus. Ich gönne ihm das, der Junge hilft schon genug.«

Kim runzelte die Stirn. »Und Oma Hannelore?«

»Sie geht jeden Morgen zum Grab meines Vaters und legt eine Blume an die große Steinskulptur«, erzählte die Pensionsbesitzerin. »Er hat die Skulptur zu Lebzeiten selbst angefertigt und vor seinem Tod verfügt, dass sie sein Grab statt eines Grabsteins schmücken soll. Sie besteht aus zwei ineinander verschlungenen Säulen, die die enge Verbundenheit von Leben und Tod symbolisieren sollen.«

»Ist Oma Hannelore wirklich *jeden* Morgen auf dem Friedhof?«, hakte Franzi nach.

Mia Frehlert nickte. »Das Ritual mit den Blumen ist ihr sehr wichtig. Sie lässt es nicht mal bei Regen, Eis oder Schnee ausfallen.«

Marie wurde mulmig zumute. Sie räusperte sich. »Heißt das, Oma Hannelore und Kalle haben auch am Montagmorgen nicht in der Küche geholfen?«, fragte sie mit heiserer Stimme.

»Nein, ganz sicher nicht.« Mia Frehlert lachte. »Wenn es so gewesen wäre, hätte ich mir den Tag bestimmt rot im Kalender angestrichen. Aber ich darf mich nicht beschweren, die beiden sind mir wirklich eine große Stütze. Ich wüsste nicht, wie ich ohne sie zurechtkommen sollte.« Sie warf einen Blick auf ihre Armbanduhr. »Himmel, die Brezeln müssen aus dem Ofen! Bin gleich wieder da.« Eilig verließ sie den Frühstücksraum.

Einige Sekunden herrschte Schweigen am Tisch der Detektivinnen. Marie versuchte, die neuen Informationen zu verarbeiten. Was bedeutete das alles?

»Oma Hannelore hat uns angelogen«, platzte Franzi schließlich heraus. »Sie hat am Montag, als die Moorleiche gestohlen wurde, nicht das Frühstück gemacht, genauso wenig wie Kalle.«

Kim nickte langsam. »Das bedeutet … Kalle hat kein Alibi mehr.«

»Das kann nicht sein!« Maries Magen zog sich zusammen. »Kalle hat bestimmt nichts mit dem Fall zu tun.«

»Und warum hat er uns dann angelogen?«, fragte Franzi. »Außerdem konnte er uns nicht erklären, wie sein Taschenmesser in den Hinterhof des Museums gelangt ist.«

Marie schluckte. Sie versuchte, sich gegen die schrecklichen Gedanken zu wehren, die wie vergiftete Pfeile durch ihren Kopf schossen, aber sie schaffte es nicht. Hatte Kalle die

Moorleiche doch gestohlen? Stammte der Erpresserbrief von ihm? Wollte er mit dem Geld seiner Mutter helfen?
»Eigentlich traue ich Kalle eine kaltblütige Erpressung nicht zu«, sagte Franzi nachdenklich. Marie warf ihr einen dankbaren Blick zu.
»Ich finde ihn ja auch sehr nett«, sagte Kim. »Aber manchmal wundert man sich, wozu Menschen fähig sind. Kalle hängt sehr an seiner Mutter und seiner Großmutter. Vielleicht sind die Geldsorgen der Frehlerts größer, als wir denken, und er will seine Familie vor dem Bankrott retten.«
»Unmöglich wäre das nicht«, gab Franzi zu.
Marie stöhnte. Das wurde ja immer schlimmer! Konnte es wirklich sein, dass Kalle so gemeine Dinge getan hatte? War er ein krimineller Dieb und Erpresser? Marie schob ihren Teller zur Seite. Sie bekam keinen Bissen mehr hinunter, ihr Magen war wie zugeschnürt.
»Wir sollten Kalle unbedingt noch einmal auf den Zahn fühlen«, beschloss Kim. »Ich bin gespannt, was er zu seinem geplatzten Alibi zu sagen hat.«
»Aber nach dem Frühstück müssen wir erst mal ins Gemeindezentrum«, sagte Franzi. »Die Kurse fangen bald an.«
»Dann verschieben wir die Befragung auf heute Nachmittag.« Kim kratzte ihr Obstsalat-Schälchen aus und schielte zum Buffet hinüber, auf das Mia Frehlert gerade einen Korb mit frisch aufgebackenen Brezeln und Croissants stellte.
Marie seufzte erleichtert. Sie war froh, etwas Aufschub zu bekommen, bevor sie sich der Wahrheit stellen musste.
»Hier ist übrigens etwas für dich gekommen, Marie.« Mia Frehlert reichte Marie einen weißen Briefumschlag.

»Für mich?«, fragte Marie überrascht.
»Ein Brief? Von wem?« Franzi beugte sich neugierig zu ihr hinüber.
Marie brauchte nur einen einzigen Blick auf die Schrift zu werfen, mit der die Adresse der Pension auf die Vorderseite des Kuverts geschrieben worden war. Der Brief war von Holger! Augenblicklich beschleunigte sich ihr Herzschlag. Warum schrieb Holger ihr? Und dann auch noch so altmodisch per Post. Sie war doch morgen schon wieder zu Hause! Ein schrecklicher Verdacht formte sich in Maries Kopf. War Holger sauer, weil sie sich die ganze Zeit nicht gemeldet hatte, und machte seinem Ärger jetzt schriftlich Luft? Oder – noch schlimmer! – wollte er sich vielleicht sogar per Brief von ihr trennen? Marie wurde kalt. So eine dramatische Geste würde irgendwie zu ihm passen. Andererseits wäre es eine ziemlich überzogene Reaktion. Doch es war schon vorgekommen, dass Holger sich über irgendwelche Kleinigkeiten furchtbar aufgeregt hatte …
»Willst du den Brief gar nicht aufmachen?«, fragte Kim.
Marie schüttelte den Kopf. »Ich lese ihn später in Ruhe.« Schnell ließ sie den Umschlag in ihrer Tasche verschwinden. Sie war noch nicht bereit dafür, ihn zu öffnen. Marie unterdrückte einen Seufzer. Irgendwie wurde sie das Gefühl nicht los, dass heute ganz und gar nicht ihr Tag war.

Etwas später brachen die drei !!! zum Gemeindezentrum auf. Nachts hatte es gefroren und Gras, Wege, Büsche und Bäume waren von einer feinen weißen Raureifschicht überzogen. »Wie hübsch!« Franzi zückte ihr Handy und machte ein Fo-

to vom winterlichen Garten. Plötzlich stutzte sie. »Schaut mal!« Sie zeigte zum Zaun.
»Was denn?« Marie musterte den Zaun, das Tor und die an der Straße stehende Mülltonne, konnte aber nichts Auffälliges entdecken.
Franzi lief auf den Bürgersteig und blieb neben der Mülltonne stehen. »Das ist der Papiermüll!«, rief sie triumphierend. »Er wird offensichtlich heute abgeholt.«
»Na und?« Marie wusste immer noch nicht, worauf Franzi hinauswollte. »Seit wann interessierst du dich für Altpapier?«
»Seit wir einen Erpresser jagen, der seine Briefe mit aus der Zeitung ausgeschnittenen Buchstaben schreibt«, erklärte Franzi. »Wartet mal kurz.« Sie öffnete den Deckel der Mülltonne und wühlte im Altpapier. Kurze Zeit später tauchte sie mit triumphierender Miene wieder auf. »Hab ich's doch gewusst!«
»Hast du etwas gefunden?«, fragte Kim gespannt.
»Seht euch das an!« Franzi hielt ein paar Zeitungsseiten und Papierschnipsel hoch. In der Zeitung fehlten tatsächlich einzelne Buchstaben. Sie waren sorgfältig herausgeschnitten worden.
»Das kann kein Zufall sein«, stellte Kim fest. »Kalle muss tatsächlich der Erpresser sein. Wer sonst sollte die Buchstaben ausgeschnitten haben?«
Marie starrte die Schnipsel in Franzis Hand an. Es ließ sich nicht leugnen, das waren eindeutige Indizien. Ihr wurde abwechselnd heiß und kalt. Konnte sie sich so in Kalle getäuscht haben?
»Moment mal!« Kim zeigte auf die Vorderseite der Müll-

tonne, auf der eine Zahl stand. »Die Tonne gehört zu Haus Nummer 30. Der Eichenhof hat aber die Hausnummer 32!«

»Stimmt.« Marie sah zum Gartenzaun hinüber. Direkt neben dem Tor prangte in großen Ziffern eine schwarze Zweiunddreißig. »Dann gehört die Mülltonne also den Nachbarn.«

Gleichzeitig wandten die Detektivinnen die Köpfe zum Nachbargrundstück. Auch neben dem Gartentor von Bert Brockhausen hing eine Hausnummer, die allerdings schon ziemlich verrostet war. Trotzdem gab es keinen Zweifel: Es war eine Dreißig.

Franzi kratzte sich verwirrt am Kopf. »Was bedeutet das? Ist Bert Brockhausen doch der Täter? Hat er uns gestern auf dem Friedhof komplett an der Nase herumgeführt?«

Kim runzelte die Stirn. »Das kann ich mir nicht vorstellen. Ich halte ihn nach wie vor für unschuldig. Es muss eine andere Erklärung geben …«

In diesem Moment erschien eine Gestalt auf dem gewundenen Weg des Nachbargrundstücks. Es war Evi Hambacher. Sie trat durch das quietschende Gartentor auf den Bürgersteig. Vermutlich war sie auch unterwegs zum Gemeindezentrum, um die Teilnehmer zum letzten Tag der Kreativkurse willkommen zu heißen. Als sie die Detektivinnen neben der geöffneten Papiertonne sah, erstarrte sie.

»Was macht ihr da?«

»Wir haben etwas Interessantes gefunden.« Franzi hielt ihr die Papierschnipsel unter die Nase. »Jemand hat Buchstaben aus der Zeitung ausgeschnitten. Genau wie bei dem Erpresserbrief, der an den Bürgermeister geschickt wurde.«

»Na und? Was habe ich damit zu tun?« Evi machte ein abweisendes Gesicht.
»Sehr viel.« Marie wurde plötzlich alles klar. »Du hast den Erpresserbrief geschrieben!«
»Unsinn.« Evi schüttelte den Kopf. »Warum sollte ich so etwas tun?«
»Das wüsste ich auch gerne«, sagte Kim. »Weshalb erklärst du es uns nicht?«
Evi schnaubte empört. »Diesen Quatsch höre ich mir nicht länger an. Gestern habt ihr meinen Vater verdächtigt, jetzt bin ich an der Reihe. Wen verdächtigt ihr denn morgen?«
Sie wandte sich ab und wollte gehen, da hatte Marie einen Geistesblitz. Sie würde alles auf eine Karte setzen.
»Du hast den Brief geschrieben und wir können es beweisen«, sagte sie. Zum Glück zitterte ihre Stimme nicht. Sie klang ruhig und selbstsicher.
Evi wirbelte herum. »Und wie, bitte schön?«
Auch Franzi und Kim machten überraschte Gesichter. Marie blinzelte ihnen unauffällig zu, damit sie mitspielten.
»Hiermit.« Marie zog den Briefumschlag von Holger aus der Tasche und hielt ihn so, dass die Schrift auf der Vorderseite nicht zu sehen war. »Wir sind Detektivinnen und ermitteln im Auftrag des Bürgermeisters. Er hat uns den Brief überlassen, damit wir ihn näher untersuchen können.« Marie wedelte kurz mit dem weißen Briefumschlag, dann steckte sie ihn wieder ein und holte stattdessen eine Visitenkarte hervor. »Bitte sehr.«
Evi griff nach der Karte und studierte sie ungläubig. »Das ist doch ein Witz, oder?«

»Kein Witz.« Marie ließ Evi nicht aus den Augen. »Wir haben bei unseren Untersuchungen Fingerabdrücke auf dem Umschlag gefunden. Ich bin sicher, dass sie mit deinen übereinstimmen.«

»Du lügst!«, rief Evi aufgebracht. »Das kann gar nicht sein. Ich hab den Umschlag nur mit Handschuhen angefasst …«

Sie verstummte, aber ihre Worte hingen noch einen Moment in der kristallklaren Luft. Marie konnte es kaum glauben. Ihr Trick hatte funktioniert. Evi war auf den Bluff hereingefallen und hatte sich selbst verraten!

»Du hast den Erpresserbrief also tatsächlich geschrieben«, stellte Kim fest. »Aber warum?«

Evi ließ die Schultern hängen und starrte zu Boden. Sie wusste, dass sie verloren hatte und Leugnen nichts mehr brachte. »Ich wollte mich an den Dorfbewohnern rächen«, erklärte sie leise. »Statt zu meinem Vater zu halten, haben sie ihn einfach fallen lassen, als er unter Verdacht geraten ist. Das hat ihn furchtbar verletzt. Deshalb wollte ich all diesen Idioten einen Denkzettel verpassen.«

»Was hattest du mit dem Geld vor?«, fragte Franzi.

»Ich will schon lange weg aus Moorhausen.« Evi sah auf. Ihr Blick war trotzig. »In diesem Kaff ist überhaupt nichts los, hier kann man nur versauern. Ich bin bloß Papa zuliebe hiergeblieben. Aber jetzt ist endlich die Gelegenheit da, fortzugehen. Selbst mein Vater muss nun einsehen, dass wir hier nichts mehr verloren haben.«

»Das Geld war also als Startkapital gedacht?«, wollte Marie wissen. Dann hatten sie mit ihren Vermutungen gar nicht so falschgelegen.

Evi nickte. »Damit wollte ich Papa und mir irgendwo anders eine neue Existenz aufbauen.«
Das klang logisch. Blieb nur noch eine letzte Frage.
Es war Kim, die sie stellte. »Wo ist die Moorleiche?«
Evi zuckte mit den Schultern. »Das weiß ich nicht.«
Marie stöhnte. »Nicht schon wieder! Warum sagst du uns nicht einfach die Wahrheit?«
»Das ist die Wahrheit.« Evi sah Marie direkt in die Augen. »Ihr müsst mir glauben. Weder mein Vater noch ich haben die Moorleiche gestohlen. Ich habe ihr Verschwinden lediglich zum Anlass genommen, mich an den Dorfbewohnern zu rächen. Sie sollten für ihr undankbares Verhalten zahlen, und zwar in barer Münze.«
»Du bist also nur eine Trittbrettfahrerin«, stellte Franzi fest.
»Wir müssen dich trotzdem der Polizei übergeben«, sagte Kim. »Erpressung ist eine Straftat. Du wirst um eine Anzeige nicht herumkommen.«
Evi seufzte. »Ich weiß. Irgendwie bin ich sogar ganz froh, dass es so gekommen ist. Ich hatte ständig Angst aufzufliegen. Jedes Mal, wenn es geklingelt hat, dachte ich, die Polizei steht vor der Tür. Nachts hatte ich Albträume und konnte nicht schlafen.«
»Deshalb warst du so neben der Spur«, sagte Marie. »Kein Wunder, dass der Baldriantee deines Vater nicht geholfen hat.«
»Jetzt ist es vorbei«, sagte Kim. »Komm, wir begleiten dich zur Polizei.«

Das Leben ist wunderbar

»Mist, so spät schon!« Franzi warf einen Blick auf ihre Armbanduhr. Sie hatten Evi Hambacher bei Heino Thiele abgeliefert und standen wieder draußen vor der Polizeistation. »Unsere Kurse haben schon vor zehn Minuten angefangen, nichts wie los!«

Während die drei !!! zum Gemeindezentrum eilten, musste Kim kichern. »Heino Thiele hat ganz schön dumm aus der Wäsche geguckt, als wir plötzlich mit Evi vor ihm standen.«

Marie grinste. »Er konnte kaum glauben, dass wir ihm die geständige Erpresserin auf einem silbernen Tablett servieren.«

»Das soll ihm eine Lehre sein«, sagte Franzi zufrieden. »Vielleicht nimmt er uns jetzt endlich ernst und behandelt uns nicht mehr wie nervige Kinder.«

»Wer hätte gedacht, dass ausgerechnet Evi den Erpresserbrief geschrieben hat?« Kim schüttelte den Kopf. »Darauf wäre ich nie im Leben gekommen.«

»Dein Trick mit dem Briefumschlag war wirklich gut, Marie«, lobte Franzi. »Auch wenn ich erst keine Ahnung hatte, was du vorhast.«

»Das habe ich gemerkt.« Marie lachte. »Ihr habt mich angesehen, als wäre ich völlig verrückt geworden.«

Auf dem Weg zum Gemeindezentrum kamen sie am Friedhof vorbei. Maries Blick fiel auf eine hohe Säule, die hinter der niedrigen Mauer aufragte. Sie bestand aus zwei Teilen, die sich umeinanderschlangen und gemeinsam gen Himmel strebten.

»Seht mal, das muss die Skulptur sein, von der Frau Frehlert beim Frühstück erzählt hat.« Marie zeigte auf die Säule. »Das Symbol der engen Verbundenheit von Leben und Tod – sehr passend für einen Friedhof, findet ihr nicht?«

Kim blieb wie angewurzelt stehen. »Moment mal! Fällt euch was auf?«

Franzi zuckte mit den Schultern. »Höchstens, dass Oma Hannelores Mann ein begabter Bildhauer gewesen sein muss. Ich finde die Skulptur toll.«

»Ja, ich auch, aber darum geht es jetzt nicht.« Kim trat ungeduldig von einem Fuß auf den anderen. »Auf dem Grab, an dem wir Oma Hannelore gestern Abend gesehen haben, stand keine Steinsäule. Außerdem lag es in einem ganz anderen Teil des Friedhofs, viel weiter hinten.«

Marie nickte. »Stimmt, das Grab war ziemlich abgelegen.«

Franzi runzelte die Stirn. »Aber wenn das Grab gestern nicht das ihres Mannes war, wessen Grab ist es dann?«

»Genau das wüsste ich auch gerne«, sagte Kim langsam.

»Vielleicht liegt dort ein anderer Verwandter oder ein Freund«, überlegte Marie. »Es gibt bestimmt eine harmlose Erklärung.«

»Ja, vielleicht.« Kim marschierte auf das Friedhofstor zu. »Aber vielleicht auch nicht. Wir müssen die Sache überprüfen. Ich habe so ein komisches Gefühl …«

»Jetzt sofort?«, fragte Franzi. »Aber die Kurse haben schon angefangen.«

»Wir sind sowieso zu spät, da kommt es auf zehn Minuten mehr oder weniger auch nicht an.« Kim öffnete das Tor. »Was ist? Wollt ihr hier warten?«

»Natürlich nicht.« Marie beeilte sich, Kim zu folgen. Franzi betrat als Letzte den Friedhof.
Kim marschierte zuerst zu dem Grab mit der Steinsäule, das sich direkt an der Friedhofsmauer befand. »Hier liegt tatsächlich Gerd Frehlert, Oma Hannelores Mann.« Sie zeigte auf die in die Grabplatte eingravierte Inschrift.
»Okay, dann suchen wir jetzt das andere Grab«, sagte Marie. »Ich glaube, ich weiß noch ungefähr, wo es lag.«
Marie schlug den Weg ein, den sie gestern Abend gegangen waren. Doch es war gar nicht so einfach, die richtige Stelle wiederzufinden. Gestern war es dunkel gewesen und sie hatten sich voll und ganz darauf konzentriert, Bert Brockhausen nicht aus den Augen zu verlieren. Nachdem sie eine Weile zwischen den alten Gräbern herumgeirrt waren, hörten sie den Bach plätschern. Sie folgten ihm und gelangten zur Weide. Es war noch deutlich zu sehen, wo der Dorfheiler nach den Baldrianwurzeln gegraben hatte.
»Jetzt kann es nicht mehr weit sein.« Marie bog in einen kleinen Weg ein. Die Eisschicht auf einer gefrorenen Pfütze knirschte unter ihren Stiefeln.
»Da ist es!« Franzi zeigte auf eine Stelle zwischen zwei alten Gräbern. Die mit Moos bewachsenen Grabsteine rechts und links waren halb im Boden versunken. Dazwischen wuchs mit Raureif überzogenes Gras, auf dem ein frischer Blumenstrauß lag.
»Das Grab hat ja gar keinen Stein«, stellte Marie verwundert fest.
»Und keine Grabplatte«, sagte Kim. »Nirgendwo steht ein Name oder ein Datum. Merkwürdig …«

»Außerdem fehlt die Umrandung.« Franzi zeigte auf die Steine, die die benachbarten Grabstätten einrahmten.
»Vielleicht ist das Grab so alt, dass der Stein verwittert oder kaputtgegangen ist«, überlegte Marie. Sie ging in die Hocke und untersuchte die Blumen. Die roten und weißen Rosen waren von einer dünnen Eisschicht überzogen. Oma Hannelore musste sie gestern Abend hier abgelegt haben. Oder gab es sonst noch jemanden, der sich um dieses alte Grab kümmerte? »Hey, was ist denn das?« Marie zog einen kleinen Gegenstand zwischen den Rosen hervor.
Kim beugte sich über ihre Schulter. »Ein Holzvogel«, stellte sie fest. »Sieht aus wie eine der Figuren, die Kalle immer schnitzt.«
Marie nickte stumm. Sie hatte die Figur sofort wiedererkannt. Es war der Vogel, an dem Kalle gearbeitet hatte, als sie ihn wegen des Taschenmessers befragt hatten. Wie kam er hierher? Hatte Oma Hannelore ihn auf das Grab gelegt? Oder war Kalle selbst hier gewesen? Aber warum? Wer war hier begraben? Gedankenverloren strich Marie mit ihrer behandschuhten Hand über das gefrorene Gras. Dabei machte sie noch eine Entdeckung. »Die Grassoden sind locker!« Vorsichtig zog sie an einem Grasbüschel. Das Rasenstück ließ sich ohne Weiteres anheben.
Franzi hockte sich neben Marie. »Es scheint so, als wären die Grassoden kürzlich entfernt worden und noch nicht wieder angewachsen.« Sie hob zwei weitere Rasenstücke auf und legte sie zur Seite. Darunter kam lockere Erde zum Vorschein. »Müsste die Erde bei einem so alten Grab nicht viel fester sein?«

»Allerdings.« Marie sah erst zu Franzi, dann zu Kim. »Denkt ihr, was ich denke?«
Kim nickte langsam. »Hier wurde kürzlich etwas vergraben.«
»Moment, das haben wir gleich.« Marie wurde vom Jagdfieber gepackt. Ihr Herz klopfte heftig und in ihrem Magen kribbelte es. Hatten sie das ›Mädchen von Moorhausen‹ endlich gefunden? Sie streifte die Handschuhe ab und begann, mit bloßen Händen zu graben. Zum Glück war die Erde nur ganz an der Oberfläche leicht gefroren, sonst wäre Marie ohne Spaten nicht weitergekommen.
»Sollten wir das nicht lieber der Polizei überlassen?«, fragte Kim.
»Dieser Heino Thiele ist doch völlig unfähig.« Franzi kniete sich neben Marie und half ihr beim Graben. »Wir müssen das selbst erledigen.«
»Na gut, von mir aus.« Seufzend ging auch Kim in die Knie. Eine Weile war nur der keuchende Atem der Detektivinnen zu hören, während sie stumm kalte Erde aus dem Grab schaufelten. Maries Rücken tat weh, ihre Arme schmerzten und sie spürte, wie zwei ihrer sorgfältig manikürten Fingernägel abbrachen, aber das war ihr egal. Das Jagdfieber trieb sie immer weiter an. Es gab kein Zurück mehr. Sie musste wissen, was hier vergraben war!
»Da ist etwas!«, rief Franzi. Sie buddelte noch etwas schneller. Unter der braunen Erde kam etwas Helles zum Vorschein.
»Holz«, stellte Kim mit heiserer Stimme fest. »Es ist eine Holzkiste.«
Marie wischte die Erde zur Seite. Ein schmutziger Aufkleber

kam zum Vorschein. Die Aufschrift war teilweise noch zu lesen.

»Fo… Forsch… Forschungszentrum!«, rief Kim triumphierend. »Darunter steht ein Straßenname, der leider nicht zu entziffern ist.«

Marie klopfte sich die Erde von den Händen. »Wir haben es geschafft! Wir haben das ›Mädchen von Moorhausen‹ gefunden.«

Sie stand auf und streckte ihren schmerzenden Rücken durch. Auch Kim und Franzi erhoben sich.

»Die Bergung der Kiste kann aber die Polizei übernehmen«, sagte Kim.

»Von mir aus.« Franzi grinste. »Schließlich soll sich Heino Thiele nicht völlig nutzlos fühlen.«

»Meine schönen Fingernägel«, jammerte Marie, während sie ihre Hände begutachtete. »Sie sind völlig hinüber. Es wird Wochen dauern, bis sie wieder gleichmäßig nachgewachsen sind.«

»Es gibt Schlimmeres.« Franzi hatte wenig Verständnis für Maries Probleme.

Kim zückte ihr Handy. »Ich rufe jetzt Heino Thiele an. Er soll sofort kommen und die Moorleiche bergen.«

Doch ehe Kim die Nummer der Moorhausener Polizeistation aufrufen konnte, ertönte eine schrille Stimme hinter ihnen.

»Was habt ihr getan? Könnt ihr die Toten nicht ruhen lassen? Das ist Grabschändung!«

Die drei !!! fuhren herum. Oma Hannelore war hinter der Wegbiegung aufgetaucht und marschierte erstaunlich schnell auf die Mädchen zu. Ihren Spazierstock schwenkte sie drohend durch die Luft. Hinter ihr lief Kalle, der Mühe hatte, mit seiner Großmutter Schritt zu halten.

»Das ›Mädchen von Moorhausen‹ soll endlich in Frieden ruhen.« Keuchend baute sich Oma Hannelore vor den Detektivinnen auf und funkelte sie wütend an.

Kim redete nicht lange um den heißen Brei herum. »*Sie* haben die Moorleiche gestohlen!«

»Das ist richtig.« Oma Hannelore klang beinahe stolz. »Ich wollte das ›Mädchen von Moorhausen‹ vor den Untersuchungen im Forschungszentrum bewahren und ihr endlich zu einem vernünftigen Grab verhelfen.«

»Und welche Folgen der Diebstahl für das Dorf hat, war Ihnen ganz egal?«, fragte Franzi.

Oma Hannelore machte eine wegwerfende Handbewegung. »Ein paar Touristen weniger tun Moorhausen nur gut. Dann hat der Rummel endlich ein Ende und es kehrt wieder Ruhe ein. Vielleicht kommen sogar die Künstler wieder zurück, die in den letzten Jahren die Flucht ergriffen haben.«

»Wie haben Sie es geschafft, die schwere Kiste zu bewegen?«, wollte Kim wissen.

Marie sah zu Kalle. Er starrte auf seine Turnschuhe und wirkte alles andere als glücklich. Marie atmete einmal tief durch. Sie musste den Tatsachen endlich ins Auge sehen. Es brachte nichts, noch länger vor der Realität davonzulaufen.

»Du hast deiner Oma geholfen, stimmt's?«, fragte sie.

Kalle hob den Kopf. Sein Blick traf Marie direkt ins Herz. Er brauchte nicht zu antworten. Sie konnte die Wahrheit in seinen Augen lesen.

»Ja«, sagte er mit fester Stimme. »Allein hätte sie es nicht geschafft. Ich konnte sie doch nicht im Stich lassen, oder?«

»Nein, das konntest du wohl nicht.« Trotz allem musste Marie lächeln. Kalle hatte einen Fehler gemacht, aber immerhin hatte er einen guten Grund dafür gehabt: die Liebe zu seiner Großmutter.

»Wie genau ist der Diebstahl abgelaufen?«, fragte Kim.

»Als ich von den Plänen hörte, das ›Mädchen von Moorhausen‹ in ein Forschungszentrum zu bringen, wusste ich, dass ich handeln muss«, sagte Oma Hannelore. »Also habe ich Heiko und Kai im *Düsteren Dorfkrug* ein bisschen ausgehorcht.«

»Die beiden Museumsangestellten?«, vergewisserte sich Franzi.

Die alte Frau nickte. »Ich kenne die Jungs von klein auf, wie die meisten hier im Dorf. Nach ein paar Schnäpsen haben sie mir alles erzählt, was ich wissen musste.«

»Sie kannten also den Zeitpunkt des Abtransports und den genauen Ablauf an jenem Morgen«, fasste Kim zusammen. »Wie ging es weiter?«

»Ich bin durch die Hintertür rein, während Heiko und Kai im Foyer waren«, erzählte Kalle. »Ich hab mir die Kiste geschnappt und sie mit einer Sackkarre über den Hof gerollt. Dabei muss ich mein Taschenmesser verloren haben. Oma hat solange Schmiere gestanden, aber es ist niemand gekommen.«

»Und es hat euch bei der ganzen Aktion keiner gesehen?«, fragte Marie ungläubig.

Kalle schüttelte den Kopf. »Es war ja noch sehr früh und außerdem dunkel.«

»Was habt ihr dann gemacht?«, fragte Kim weiter.
»Wir haben die Kiste zum Friedhof gebracht und hier in dieser abgelegenen Ecke zwischen zwei alten Gräbern bestattet.« Kalle nickte zu dem provisorischen Grab hinüber. »Die Grube hatte ich schon vorher ausgehoben, darum ging alles ganz schnell.«
»Der Vogel ist von dir, oder?« Marie hielt Kalle den kleinen Holzvogel hin. »Er ist wunderschön.«
»Danke.« Kalle lächelte verlegen. »Es ist ein Pirol. Das ist ein besonders hübscher Vogel, der gerne im Düstermoor brütet. Es sollte eine Art Grabbeigabe sein. Einen richtigen Grabstein oder ein Kreuz konnten wir ja schlecht aufstellen, das wäre zu auffällig gewesen.«
»Ihnen ist schon klar, dass wir die Polizei rufen müssen, oder?«, fragte Kim. »Sie sind ins Museum eingebrochen und haben einen Diebstahl begangen.«
»Wir sind nirgendwo eingebrochen«, stellte Oma Hannelore klar. »Die Hintertür des Museums war nicht abgeschlossen. Und wir haben das ›Mädchen von Moorhausen‹ auch nicht gestohlen, sondern es vor der Ausbeutung durch die Wissenschaft gerettet.« Die alte Dame schien überhaupt kein Schuldbewusstsein zu haben. Sie fühlte sich offenbar völlig im Recht.
Kalle hingegen war ziemlich kleinlaut. »Wir werden ziemlichen Ärger bekommen, oder?«
Marie nickte. »Ich fürchte schon. Diebstahl ist eine handfeste Straftat.«
Kalle schluckte. Erst jetzt schien ihm richtig klar zu werden, was für Konsequenzen sein Handeln haben würde. »Meine

Mutter wird ausrasten, wenn sie davon erfährt«, murmelte er.

»Sie wird es bestimmt verstehen. Erklär ihr einfach, warum du es getan hast«, sagte Marie sanft. Sie hätte Kalle am liebsten tröstend umarmt, aber sie traute sich nicht.

Kim telefonierte währenddessen mit dem Dorfpolizisten. »Herr Thiele kommt sofort«, informierte sie die anderen, nachdem das Gespräch beendet war.

»Was hat er gesagt?«, erkundigte sich Franzi.

»Nichts.« Kim grinste. »Es hat ihm glatt die Sprache verschlagen.«

Detektivtagebuch von Kim Jülich
Freitag, 18:12 Uhr

Der Fall ist gelöst! Das ›Mädchen von Moorhausen‹ ist wieder da. Es wurde heute Vormittag zurück ins Moormuseum gebracht, von dort soll es in den nächsten Tagen wie geplant ins Forschungszentrum überführt werden. Zum Glück ist der Moorleiche nichts passiert, da sie bereits fachgerecht für den Abtransport verpackt war.

Oma Hannelore und Kalle mussten Heino Thiele auf die Polizeistation begleiten und wurden dort ausführlich verhört. Anschließend durften sie wieder nach Hause gehen, weil laut Herrn Thiele ›keine Fluchtgefahr‹ besteht. Ganz ehrlich – wohin sollte eine alte Dame wie Oma Hannelore auch fliehen? Ich hoffe für Kalle und seine Großmutter, dass sie keine allzu harten Strafen bekommen. Aber ich denke, sie haben ganz gute Karten, weil sie voll geständig sind und für Kalle noch das Jugendstrafrecht gilt. Außerdem ist ja niemand zu Schaden gekommen.

Mia Frehlert war natürlich total schockiert, als sie von der Sache erfahren hat. Sie hat Kalle ordentlich den Kopf gewaschen – und ihrer Mutter auch. Aber im Endeffekt hat sie verstanden, worum es den beiden ging. Sie haben die Moorleiche ja nicht aus purem Übermut gestohlen oder um sich zu bereichern, sondern um das ›Mädchen von Moorhausen‹ zu schützen. Trotzdem bleibt der Diebstahl natürlich eine Straftat und Kalle und seine Oma müssen die Konsequenzen tragen.
Auf jeden Fall bin ich heilfroh, dass wir den Fall gerade noch rechtzeitig gelöst haben. Morgen nach dem Frühstück geht es wieder nach Hause. Meine Eltern holen uns ab. Hoffentlich bringen sie Ben und Lukas nicht mit, auf meine beiden chaotischen Zwillingsbrüder kann ich nämlich gut verzichten!
Aber gleich steht erst mal der große Abschlussabend an. Ich freu mich schon! Es gibt heißen Punsch und ›Moorhausener Torfsoden‹ – lecker! Wenn ich allerdings daran denke, dass ich vor allen Teilnehmern meine Krimi-Kurzgeschichte vorlesen muss, wird mir ganz anders …
Marie ruft nach mir. Sie will mich noch schminken. Tschüss!

»Das war Kim Jülich mit ihrer Kurzgeschichte ›Geheimnis im Düstermoor‹«, verkündete der Moderator durch das Mikro. »Einen riesigen Applaus für Kim Jülich, bitte!«
Marie und Franzi klatschten wie verrückt. Sie waren nicht die Einzigen, auch das restliche Publikum war begeistert. Kim verließ die Bühne und lief zu ihren Freundinnen hinüber.
»Du warst super!« Marie umarmte Kim. »Ich bin so stolz auf dich.«

»Und ich erst.« Auch Franzi fiel ihrer Freundin um den Hals. »Die Geschichte war der Hammer!«
»Hat sie euch wirklich gefallen?« Kim strahlte über das ganze Gesicht. Man sah ihr die Erleichterung über den erfolgreich absolvierten Auftritt deutlich an.
Marie nickte. »Und wie! Eine tolle Idee, das Schicksal des ›Mädchens von Moorhausen‹ zu einer Krimi-Geschichte zu verarbeiten.«
»Zum Glück habe ich als Autorin ja gewisse künstlerische Freiheiten«, stellte Kim grinsend fest. »So kann ich die Lücken füllen, die für die Wissenschaftler bisher rätselhaft geblieben sind. Ob es sich vor 2.700 Jahren wirklich so zugetragen hat, wird man vermutlich nie erfahren. Denn dieser Fall wird wohl niemals aufgeklärt werden.«
»Wenigstens hast du ihn in deiner Fantasie gelöst und dem Mädchen damit ein Denkmal gesetzt«, sagte Franzi.
Vor der nächsten Lesung gab es eine Pause und die Besucher strömten zur Theke, um sich etwas zu trinken zu holen.
»Wollen wir uns die Kreativausstellung anschauen?«, fragte Marie.
»Gerne.« Kim hakte sich bei ihren Freundinnen ein und sie spazierten zu den Bildern, Skulpturen, Töpfer- und Goldschmiedearbeiten der Jugendlichen hinüber. »Wo sind denn eure Bilder?«
»Mein Aquarell hängt dort drüben.« Marie führte die anderen zu einer Stellwand, an der ihr Moorlandschaftsbild hing. »Es heißt ›Sonnenaufgang über dem Düstermoor‹.«
»Wie schön!« Kim klang ehrlich beeindruckt.
»Danke.« Marie lächelte geschmeichelt. »Ich werde es Hol-

ger schenken. Als kleine Entschuldigung dafür, dass ich mich in dieser Woche nicht bei ihm gemeldet habe.«

»Und was ist mit Kalle?«, erkundigte sich Franzi.

Marie seufzte. »Das war nur ein harmloser Flirt. Es hat bloß eine Weile gedauert, bis mir das klar geworden ist.« Ein Lächeln erschien auf ihrem Gesicht. »Holger ist meine große Liebe, das weiß ich.« Sie musste an den süßen Liebesbrief denken, der in dem weißen Kuvert gesteckt hatte. Ihre Befürchtungen hatten sich zum Glück nicht bewahrheitet, im Gegenteil. Holger hatte ihr in so liebevollen Worten versichert, wie sehr er sie vermisste, dass sie förmlich dahingeschmolzen war. Sie konnte es kaum erwarten, ihn wiederzusehen.

»Wie schön, dass alles wieder in Ordnung ist«, sagte Kim. »Ich habe übrigens vorhin eine SMS von Michi bekommen.«

»Und das erzählst du erst jetzt?« Marie drückte Kims Arm. »Was schreibt er denn?«

»Er war krank, darum hat er sich so lange nicht gemeldet.« Kim lächelte. »Morgen treffen wir uns und sprechen uns endlich in aller Ruhe aus. Das war sogar sein Vorschlag, ich scheine ihm also doch noch etwas zu bedeuten.«

»Na also.« Marie grinste. »Hört sich gut an.« Sie wandte sich an Franzi. »Wann triffst du deine zahlreichen Verehrer wieder?«

Dieses Mal wurde Franzi nicht sauer, sondern nahm die kleine Stichelei mit Humor. »Morgen bin ich mit Blake verabredet und übermorgen gehe ich mit Benni und Leonhard skaten, wenn du es genau wissen willst.«

Während sie sich unterhielten, schlenderten die drei !!! langsam weiter durch die Ausstellung.

»Wow, von wem ist das denn?« Kim blieb vor einem großformatigen Ölgemälde stehen. Es zeigte ein abstraktes Motiv, das mit kräftigen Pinselstrichen und mehreren Farbschichten übereinander gemalt worden war.
»Die Künstlerin steht vor dir.« Franzi konnte sich ein Grinsen nicht verkneifen.
»Das Bild ist von dir?« Kim riss überrascht die Augen auf. »Ich dachte, du kannst nicht malen.«
»Das dachte ich auch. Aber da hatte ich nur noch nicht das richtige Ventil für meine kreative Energie gefunden.« Franzi lachte. »Mit den Ölfarben hat mir das Malen richtig Spaß gemacht. Das ist übrigens mein Pony Tinka, falls ihr es nicht erkannt haben solltet.«
Marie betrachtete die bunten Kringel und Kreise, die sich in Spiralen quer über die Leinwand zogen. »Klar, das hab ich sofort gesehen«, behauptete sie.
»Ich natürlich auch.« Kim versuchte, ernst zu bleiben, schaffte es aber nicht. Sie prustete los. Auch Franzi und Marie mussten lachen.
»Wir sollten unbedingt auf die neue Künstlerin in unserer Mitte anstoßen.« Marie nahm sich ein Glas Orangensaft vom Tablett eines Kellners, der gerade herumging. Kim und Franzi bedienten sich ebenfalls.
Marie hob ihr Glas. »Auf Franzis kreative Energie, die endlich das richtige Ventil gefunden hat!«
»Auf das ›Mädchen von Moorhausen‹ und sein wahres Schicksal«, sagte Franzi.
»Auf das Düstermoor, seine Irrlichter und Legenden und einen weiteren gelösten Fall«, ergänzte Kim.

Marie stieß mit ihren Freundinnen an und trank einen großen Schluck Orangensaft. Sie dachte an alles, was hinter ihnen lag. Sie hatten in dieser Woche so viel erlebt! Und sie dachte an das, was noch kommen würde: das Wiedersehen mit ihrer Familie, ihrem süßen Bruder Finn und natürlich mit Holger. Gemeinsame Spaziergänge durch raschelndes Herbstlaub, Küsse bei Kerzenschein und das romantische Candlelight-Dinner, das sie unbedingt für Holger zaubern wollte …
Marie lächelte glücklich. Das Leben war einfach wunderbar!

Die drei !!!

Clevere Girls knacken jeden Fall!

Entdecke „Die drei !!!“ unter ***diedreiausrufezeichen.de***

- ☐ Die Handy-Falle
- ☐ Betrug beim Casting
- ☐ Gefährlicher Chat
- ☐ Gefahr im Fitness-Studio[e]
- ☐ Tatort Paris[e]
- ☐ Skandal auf Sendung[e]
- ☐ Skaterfieber
- ☐ Vorsicht, Strandhaie![e]
- ☐ Tanz der Hexen
- ☐ Kuss-Alarm[e]
- ☐ Popstar in Not
- ☐ Gefahr im Reitstall
- ☐ Spuk am See[e]
- ☐ Duell der Topmodels
- ☐ Total verknallt![e]
- ☐ Gefährliche Fracht[e]
- ☐ VIP-Alarm
- ☐ Teuflisches Handy
- ☐ Beutejagd am Geistersee
- ☐ Skandal auf der Rennbahn
- ☐ Jagd im Untergrund
- ☐ Undercover im Netz
- ☐ Fußballstar in Gefahr
- ☐ Herzklopfen![e]
- ☐ Tatort Filmset
- ☐ Vampire in der Nacht
- ☐ Achtung, Promihochzeit!
- ☐ Panik im Freizeitpark
- ☐ Falsches Spiel im Internat
- ☐ Betrug in den Charts
- ☐ Party des Grauens
- ☐ Küsse im Schnee[e]
- ☐ Brandgefährlich!
- ☐ Diebe in der Lagune
- ☐ SOS per GPS
- ☐ Mission Pferdeshow
- ☐ Stylist in Gefahr
- ☐ Verliebte Weihnachten
- ☐ Achtung, Spionage!
- ☐ Im Bann des Flamenco
- ☐ Geheimnis der alten Villa
- ☐ Nixensommer
- ☐ Skandal im Café Lomo!
- ☐ Tatort Geisterhaus
- ☐ Filmstar in Gefahr
- ☐ Unter Verdacht
- ☐ Die Maske der Königin
- ☐ Skandal auf dem Laufsteg
- ☐ Freundinnen in Gefahr
- ☐ Krimi-Dinner
- ☐ Das rote Phantom
- ☐ Hochzeitsfieber!
- ☐ Klappe und Action!
- ☐ Wildpferd in Gefahr
- ☐ Geheimnis im Düstermoor
- ☐ Tatort Kreuzfahrt

Die neue Detektiv-Spiel App

€/D 3,59 (iOS)
€/D 2,99 (Android)

kosmos.de Alle Bücher auch als E-Book erhältlich [e] nur als E-Book erhältlich